突然の親子の別れ

アルジェリア人質事件で我が子を失って

内藤 さよ子

Sayoko Naito

文芸社

はじめに

親よりも先に子どもが亡くなることを「逆縁」といいます。親は、子より先に死ぬのが当然。それが人生の習いであるはずなのに、子に残された親はいったいどうしたらよいのでしょう。

誕生したときから愛を一心に注ぎ、長年、大切に大切にその成長を見続けた親が、我が子を失うことほど、辛いことはありません。それは自分の体の一部分をもぎ取られたかのような痛み、悲しみを伴い、自分が生きていることの意味さえ、失うほどの苦しみです。

しかし縁に背いた我が子を責めることはできません。親の苦しみ以上に、命を落とした子どもは、親を残してこの世を去ってしまったことを悲しく思っているに違いないのですから。だから親は、子を思う苦しみ、悲しみを、どこにぶつけてよいのかわからず、ただただ失われた我が子を思い、悶々《もんもん》と日々を過ごすしかないのです。

私の愛する息子、内藤文司郎《ぶんしろう》は四十四歳で、日本から遠く離れた異国の地で命を落としました。二〇一三（平成二十五）年一月十六日、北アフリカのアルジェリアで、世界を恐怖に陥れる大きな事件が起こりました。重武装したイスラム系武装勢力が建設中の天然ガスプラントの施設と居住区を襲い、そこで働く人々を人質にとって立てこもったのです。その建設には日本のプラント建設会社「日揮」が関わっており、現場には日本人も多く含まれていました。

その日の夜、日本のテレビでもこの事件はトップニュースで大きく伝えられ、翌日からも日本の政府の対応や現地の様子が、テレビや新聞を通じて報道されました。世界中の多くの人々が、人質となった人々の無事を強く祈ってくれたことでしょう。しかしその後、我々の予想を覆してアルジェリア軍は武力によって鎮圧を図ることとなり、その過程で日本人十人を含む、四十人の命が失われるという大きな犠牲を伴うこととなります。

こうして日本人が巻き込まれた国際的なテロ事件である「アルジェリア人質事件」は、今も多くの人々の記憶に残されることとなったのです。

我が息子、文司郎は二〇一二（平成二十四）年十月三十日、日揮の派遣社員としてアルジェリアの南東部、ガス油田の豊富な砂漠地帯にあるイナメナスの地に立ちました。新たに設置される天然ガス施設の建設の作業に携わる仕事でした。契約の期間は約三カ月。翌年の一月の終わりには、再び元気な姿で日本に戻ってくるはずでした。

しかし彼は、この凶悪なテロ事件に巻き込まれ、誰ともわからぬテロリストの凶弾によって、命を絶たれてしまったのです。

安全で平和な日本で暮らす私たちにとって、世界で起こる非情なテロ事件も、どこか対岸の火事のような感覚にありました。まさかこうしたテロに大切な我が子が巻き込まれるとは、そして命を落としてしまうとは、私自身も考えもしなかったのです。

文司郎はイナメナスに赴く以前も、アフガニスタンに二回、また事件が起きたアルジェリアにも三年ほど前に一年間、仕事のために滞在しておりました。

本人も、これほど危険な現場へと足を踏み入れるといった危機意識はそれほどなく、その国の経済的な発展のために自分の力を尽くしたい、そうした思いで海外へと旅立っていったに違いないのです。

人のため、国のため、未来のために自分ができることをしたいとあえて日本を離れた息子が、なぜこのような悲劇に巻き込まれなければならなかったのでしょうか。

八年前、成田空港に向かう息子を送るために、自宅からバス停まで一緒に歩き、バスに乗る姿に手を振って見送った、それが最後の別れになるとは思ってもいませんでした。今もふと、長い旅を終えた文司郎が、「ただいま」と言って、我が家の玄関から入ってくるのではないかと思ってしまうのです。

我が子との別れは突然すぎて、今も心の整理がつかないままです。それでも月日は流れ、まもなく文司郎の七回忌のときを迎えます。

現実は何も変わらないかもしれません。しかし残された母に今できることは、文司郎が生きた四十四年間をきちんと伝えることなのではないかと考えました。それと同時に、この書くという作業を通して、文司郎を失って以来、なんとも捉えどころがなくふわふわとした自分の気持ちが、少しでも整理できればとも思います。

息子が誕生してからあの日に至るまで、そしてあの子を失ってからの日々を綴《つづ》ることが、私に残された最後の仕事なのかもしれません。

二〇一八年十二月

内藤　さよ子

目次

第四章　慟哭の日々、母の思い　91

第一章　突然の悲しみに

あの日……

二〇一三（平成二十五）年一月十六日――。その後の日々のことは、記憶が途切れ途切れで、いつ、どんなことが起こったか曖昧なのですが、なぜかその日のことはよく覚えています。もしかしたらそれは、この日が私にとっては心が穏やかでいられる、人生で最後の日だったからかもしれません。

この日は、少し前から体調を崩していた夫が数日前に入院し、私は自宅でたった一人でした。家事や夫の世話から久しぶりに解放されたこともあり、気分転換をしようと町に出ました。ふと思い立って映画館に入り、映画を観終わったときには夕方になっていました。辺りはすでに暗くなっていて、今日は家に帰っても夫の食事を用意しなくてもいいからと、せわしい気持ちはなかったので、どこかで夕飯でもとってから帰ろうかと思いました。でもなぜか、店に立ち寄るよりも今日は早く家に戻りたいと感じて、そのまま自宅へ帰ることにしました。

家に着いたのは午後七時少し前でした。いつものようにリビングのテレビのスイッチを入れ、ＮＨＫにチャンネルを合わせました。夕飯の用意をしながら七時のニュースが始まる音楽を背中で聞いていると、最初に飛び込んできたのが、アルジェリアでテロ事件が起こったというニュースでした。

「アルジェリア?」

私はその言葉に思わず手を止め、テレビに駆け寄りました。画面にはしっかりと「アルジェリア」という文字が映っています。聞き間違えではないと確認し、アナウンサーの言葉に耳を傾けました。

アルジェリアは息子の文司郎が二カ月半前に仕事で渡った国。今も彼はそこにいるはずです。いったいアルジェリアで何が起こったのでしょう。

しかし私は最初、これは海外で時折起こる一つの事件のニュースに過ぎないのだと思いました。日々、世界や日本の各地で起こっている、悲惨な出来事。でもテレビの奥から語られるニュースが、自分の身の回りで起きた経験は私にはありません。だからこうした報道も、どこか距離をもって受け止めていました。文司郎のいる国で、こんな出来事が起こっているのだと……。

しかしニュースをよく聞いていると、テロ事件が起こったのは、日本の企業が建設に関わっているプラント建設の現場だと伝えています。日本人が巻き込まれている可能性もあるとの言葉が、このニュースをぐっと私に近づけます。

まさか巻き込まれていなければいいけれど……。

次第に不安な思いが私の心に押し寄せてきます。でもそれを真剣に考えると真実になりそうで、怖くてただ画面に映るアナウンサーの顔を見つめるだけでした。テレビから流れてくる言葉も、もううまく頭に入ってきません。心を襲う不安を打ち消さなければと、一人、椅子に座りながら、身じろぎさえもできませんでした。

トップニュースで伝えられたテロ事件の速報が、他のニュースへと変わりました。少しだけ解放された気持ちになり、やっと自分を落ち着けて呼吸ができた、そんな気持ちのときでした。突然、我が家の電話が鳴りました。なんとなく覚えた違和感。こんな食事時にめったに家の電話はかかってきません。近しい人からの電話は、私の携帯電話にかかってくるほうが多いのです。

電話の音にビクッと怯《おび》え、一瞬、電話を見つめてから、私は大きく深呼吸をして受話器を取りました。

「日揮の○○と申します」

この一言で、私の心臓はぎゅーっと締め付けられるように苦しくなりました。

日揮は、文司郎が今回のアルジェリアの現場に行く際の、派遣元の会社です。文司郎は都内にある派遣会社と契約し、日揮が関わっている天然ガスプラント建設の事業に携わるために出かけていったのです。

文司郎はこれまでいくつか海外での仕事に携わってきましたが、日揮の仕事は初めてでした。「大きな会社の仕事だから安心だね」。こう言ったのは、私だったでしょうか。それとも文司郎だったでしょうか。

「アルジェリアで事件が起こりました。内藤文司郎さんがいる現場です」

電話の主は、落ち着いた声でそう話しました。私は思わず、ギュッと受話器を握りしめました。

「文司郎は大丈夫なんでしょうか?」

「安全確認は取れました。間違いなく元気なので、安心してください」

その人は、確かにそう言いました。その後の会話を正確には覚えていませんが、文司郎はニュースで流れたアルジェリアで起きたテロの現場にいること、でも命は大丈夫なので心配はないことを伝えられました。その上で、ご家族も不安だろうが、まだ事件は解決していなく、犯人を刺激してはいけないので、電話やファックスで直接本人に連絡をしないようにと言われました。

事件に巻き込まれていたという事実。しかし安否は確認されていて、無事であるという報告に、不安と安心の両方が絡み合ったような、複雑な気持ちになりました。

ああ、早く文司郎の声を聞きたい。無事であることを確かめたい。そうは思いましたが、会社の人が言うことも当然です。どんな状況に置かれているかはわからないけれど、元気であると言ってくれているのだから、それを信じて待つしかない。私は自分を納得させるしかありませんでした。

電話を切った後、何をどうしていいかもわからず、しばらく呆然《ぼうぜん》としていましたが、ふと思い立ち、あわてて次男の二郎《じろう》のところへ電話を入れました。次男はすでに結婚をして実家からそれほど遠くない場所に家庭をもち、しかも二人目の子どもが生まれたばかりでした。二郎の家族にはあまり心配をさせたくないとも思いましたが、とにかく報告だけでもと考え直し、連絡をしました。

日揮から電話があったことを伝えると、「アルジェリアでテロが起こったのはニュースで見たけど、まさか兄貴が巻き込まれているとは」と、私と同じような驚きを隠せないようでした。それでも母親だけに任せてはいられないと思ったのでしょう。

二郎が「俺が確認する」と言うので、日揮の担当者の電話番号を伝えると、「わかった」と電話を切りました。

二郎は日揮に現場の状況をたずねましたが、「詳しくはわからない」と言われ、私に伝えられたのと同じように、犯人を刺激させないように、静かにしていてほしいと釘《くぎ》を刺されたようです。結局、ほとんど詳しいことを知ることはできませんでした。

その日の夜、私たちが知りたい情報は、テレビを通してしか知り得ませんでした。夜遅くには、政府の菅義偉《すがよしひで》官房長官が記者会見を行い、「アルジェリアの南東部にあるイナメナスで天然ガス関連施設がイスラム系武装勢力に襲撃され、従業員が人質にとられた。人質の中には、この開発計画の事業に参加している日本企業、日揮の社員も含まれている」との発表がありました。

不安な日々

翌日、私は少しでも正確な情報が知りたくて、朝刊が届くのを待ちかねていました。眠れぬ時間が過ぎ、やっと朝になって届けられた新聞を手にすると、一面に大々的に事件が報じられていました。「アルジェリアで邦人人質　日揮社員三人か」という文字が目に飛び込んできます。

その内容はとても恐ろしいものでした。武装勢力が外国人を乗せて空港に向かっていたバスを襲撃。さらにその後、従業員用施設に向かい、施設を攻撃した、とあります。武装勢力は現場を占拠し、複数の従業員を拘束しているというのです。アルジェリアの政府軍が周辺を包囲し、事態はまだ拮抗《きっこう》状態だと伝えられています。

捉えられた人質の中に、どうか文司郎がいませんことを……。そう願わずにはいられませんでした。

次男の二郎も日本人が人質になっているという記事を読み、居ても立ってもいられなかったのでしょう。午前中に再び日揮に電話をしました。

「誰が人質になっているんですか？」

「わかりません」

「でも、日本人が人質になっているんでしょう。なら、お金じゃないですか。お金、早くもっていってくださいよ。でなければ、そのうちおかしくなってしまうかもしれないじゃないですか。人の命ですよ！　日揮ならなんとかなるでしょう！」

二郎は言葉を荒らげてそう言ったそうです。しかし先方は「こちらからの連絡を待ってください」の一点張りで、何一つ家族が安心できるような情報をそこから得ることはできませんでした。

連絡をしてはいけないと言われたけれど、無事であれば文司郎から私たちに連絡が入るはず。そう思って携帯電話を肌身離さずもち続けましたが、待ち望んだ連絡が入ることはありませんでした。

こうも思いました。もしかしたら、怪我《けが》をしてしまって電話をかけられる状態にないのかもしれない。でも、周りに日本人がいれば、家族に電話の一本も、かけてもらえはしないだろうか。しかしこうした母の思いも、遠く離れた異国の地には、届くことはありませんでした。

とにかく一度は安全が確認できたというのだから、それを信じて待つしかないのだと自分に言い聞かせました。何度も携帯電話を手にとり、文司郎の名前に指を重ねながら、ギリギリのところで気持ちを押し留めました。

テレビでニュース番組があるたびにチャンネルを合わせ、新しい情報はないかと耳を傾けましたが、緊迫した状況を伝えるばかりで、そこにいる日本人の情報に関してはまったく知ることができませんでした。大変な状況だ、事態は深刻だと煽《あお》るばかりで、それは一般の視聴者には興味を引くものでしょうが、私たち当事者家族にとっては観ていることさえ辛くなるようなものでした。それでも日本人救出などの情報がいつもたらされるかもわからないからと、やはりテレビを観ずにはいられません。

とにかく一日が長く、何もしていないにもかかわらず、その日の夕方にはクタクタになってしまいました。それでもテレビで知ること以上には、新しいことは何も知り得ることはありませんでした。

翌日になっても文司郎からの連絡はなく、待ち焦がれていることがとても苦しくなりました。二郎と相談し、まだ何もわからない状態で父親に伝えても混乱するかもしれないので、黙っていようということになりました。こうして午前中は落ち着かない時間を過ごしていました。

すると、常にもち歩いていた携帯電話が鳴りました。

「来た！」

慌てて画面を見ると、それは文司郎からのものではなく、近所の友人からでした。

「もしもし……」

「あ、さよちゃん。今日、ランチでも行かない？」

彼女は事件のことは詳しく知らないようでした。いえ、事件と文司郎のことはまったく結びついていなかったようです。海外でちょっと大きな事件が起こっている、くらいにしか思っていなかったのでしょう。私だって当事者でなければ、きっとそんなものだったのかもしれません。

私は文司郎が海外に仕事で出ていることは彼女に話していましたが、それがアルジェリアであることは伝えていませんでした。現代の日本人なら、海外で働いている人はたくさんいます。日本から遠く離れた場所で起こった事件。まさか身近な人の家族が巻き込まれているなど、普通は想像することもないのでしょう。

私はどうしようか迷いましたが、家の中で一人で電話を待ち続けることの苦しさに耐えかねて、彼女とランチに出かけることにしました。彼女には何も伝えず、「そうだね、一緒にお昼、食べようか」と返事をしました。

お昼を少し過ぎてから、彼女が車で迎えに来てくれました。二人でよく一緒に出かけるお店です。私は彼女に事件のことを打ち明けることなく、ふつうに食事をし、おしゃべりをしていたつもりです。しかし心はそこになく、ただただ何事もなく時間が過ぎて、文司郎の無事がわかり、またいつもの日常に戻ることだけを祈っていました。

打ち砕かれた親の願い

家へ帰るのが辛く、グスグズと時間を過ごし、夕方の四時過ぎになっていました。私たちは店を出て、彼女の車に乗って自宅へと向かっていました。

突然、バッグの中の携帯電話が鳴りました。慌てて取り出すと、携帯電話に「日揮」の文字が浮かび上がっていました。何となく、嫌な予感がしました。

「はい」

私はできるだけ落ち着いた声で、電話に出ました。

「内藤さんですか。日揮の○○です。最悪の事態になりました」

「え、なんですか？　どういう意味ですか？」

「残念ながら、文司郎さんはお亡くなりになられたようです」

「え？　あなた、大丈夫、無事だと言ったじゃないですか？　なんで……」

突然の通告に、涙が溢《あふ》れてきて言葉になりません。信じられない。もしかしたら誰かがこの事件を知っていたずら電話をかけてきているのではないか。そう思いたいほどに、私の心は大きく動揺をしました。

私の様子がおかしいのを隣で運転していた友人が驚き、車を道路の脇に停めてくれました。私は電話の相手に向かって懸命に何かを話していたようですが、今となってはほとんど記憶に残っていません。

ただ日揮の社員の方の話した内容は、十六日の朝、武装集団に襲撃された従業員用施設の食堂の前に、文司郎が倒れていたこと。それを別の日揮の社員が見て、「あれは内藤くんだ」と言っていたから、間違いないだろう、とのことでした。

私は思いました。文司郎はとても真面目な子です。毎朝きちんと食事をとる子です。きっと早朝、仕事に出る前にしっかりと朝食をとりに食堂へ行ったのだろう。朝早くに食堂の前で倒れていたとの言葉が、妙に説得力をもって耳に入りました。それで「ああ、やっぱり間違いないのかな」と思いました。

目の前が真っ暗になりました。うまく事情を説明することはできませんでしたが、事の深刻さを感じてくれた友人は、ただ黙って私の肩を抱いてくれました。そして私を気遣う友人に送られて、家へと辿《たど》り着きました。

心が押しつぶされそうになりながら、それでもどうにかもうひとりの息子の二郎のところに連絡を入れました。

「文ちゃん、ダメだった……」

言葉にすると、それが真実になりそうで言いたくはなかった。けれどそう伝えるしかない現実がそこにはありました。

もし日本で起きた事件や事故なら、親として、すぐにでも現場に駆けつけなければならないと思ったことでしょう。でも遠く離れた外国の地で倒れた息子のもとに、どうやって行けばよいのでしょうか。私たちにはその術さえわかりません。

日揮からの「また連絡します」という電話の言葉に、家族はただ待つしかありません。こんな状況になってさえ、何もできない自分たちがもどかしく、どうして良いかもわからずに、ただ呆然としていることしかできませんでした。

事件の経緯

それから数日のうちは、いつ、どんなことがあったか、記憶が錯綜《さくそう》して正しく覚えてはいません。当時は事件の状況を冷静に判断する力も、私には失われていました。

それでも事件が収束してしばらくしてから、以前の新聞の記事を読んだり、ニュースの記憶を辿ったりして、当時の状況を整理して振り返ると、その経緯について知ることができます。ここにその概略を説明します。

事件が発生したのはアルジェリア民主人民共和国というアフリカの北に位置する国。国土の北は地中海に面し、南部にはサハラ砂漠が広がっています。サハラ砂漠の地下には、原油や天然ガスなどの豊かな天然資源が埋蔵されているそうです。そして事件が起こったイナメナスは、アルジェリアの南東部のこのサハラ砂漠にあり、世界でも有数のガス田があるところなのだそうです。

天然資源に乏しい日本では、海外の資源開発にも積極的に関わっています。このガス田を発掘し、天然ガス施設をつくる事業に日本の企業として関わっていたのが、プラント建設会社の日揮でした。そしてその仕事をするために、我が息子の内藤文司郎は二〇一二（平成二十四）年十月末からこの地へ赴き、働いていました。

事件が起こったのは二〇一三（平成二十五）年一月十六日の早朝のことでした。アルジェリア国と敵対するイスラム系の武装勢力が、外国人を乗せて施設を出てきたバスを襲撃します。さらに天然ガスプラント建設に関わっていた従業員用の施設を攻撃しました。施設にはアルジェリア人の他、各国の企業の外国人従業員たちが多く滞在していました。施設にいた外国人が拘束されたとの情報が寄せられており、その中には多くの日本人も含まれていました。

日本政府は、日本時間で十六日午後四時過ぎに第一報を受けたことから、外務省に対策室を設置しました。アルジェリア政府に対しては、「人質の人命を最優先して対応してほしい」と要請をしたといいます。同日夜、日揮が「現地に駐在している日揮、グループ会社、協力会社の日本人社員数十人のうち複数が拘束された」と発表しました。

日本から遠く離れたアフリカの地で起きた事件。当初、情報は日揮にもたらせられましたが、日本では政府がその対応を迫られることとなりました。ただ、現地の情報も十分でなく、現場に対応ができる人材も乏しかったのでしょう。国として、アルジェリアに強く働きかけるだけの存在感もなかったのかもしれません。

それでも日本をはじめ、人質をとられた国々は人命優先を強く訴えかけました。しかしアルジェリア政府は軍事突入を決行しました。そして事件発生から三日目の一月十九日、すべての作戦が終了したとアルジェリア政府は正式に発表しました。

事件の終焉《しゅうえん》によって明らかになったのは、多くの人命が失われたことでした。事件で犠牲になったのは日本人、アメリカ人、イギリス人、フランス人、ノルウェー人、フィリピン人、マレーシア人、ルーマニア人、アルジェリア人、コロンビア人の十カ国、合わせて四十人にもなりました。なかでも日本人は最も多い十人の犠牲者を出しました。

その十人の中のひとりが、我が息子でした。

この事件に関して、私たち事件に巻き込まれた者の家族からみれば、それは無力であったとしかいいようがありません。たとえ大切な我が子が事件の現場にいたとしても、私たちにできることは何もなく、そして正しい情報さえも入りませんでした。

この状況の中で政府としてはできる限りのことをしてくれたのでしょうが、どのようにアルジェリア政府と交渉し、どのように対応したか、それさえもほとんど私たちは知ることができませんでした。

海外の、しかも日本人があまり足を運ばない場所で起こった事件であったこともあるのでしょうが、事件については、テレビや新聞から得られる情報のみで、世間一般の人々が見聞きすることと同じことしか知ることができないのです。

〝文〟に会いたい

それでも私たちは事件の終焉を知り、被害者の家族としての日々を迎えることとなります。

文司郎が亡くなったとの連絡が入った翌日、日揮の担当者だという人が、文司郎が所属していた派遣会社の社長さんと共に、私の豊橋《とよはし》の家にやってきました。日揮の担当者は今回の事件の際に電話で何度か話した方でした。私はその人の顔を見るなり、心に溜まっていた怒りをぶつけてしまいました。

「あなた、電話で大丈夫だって言ったじゃない。安全が確認されたって、元気だって。あれは嘘《うそ》だったの？　なんでそんなことを言ったの！」

彼はうつむいたまま何も言いません。きっと彼も、言われた情報を私たちに伝えただけだったのでしょう。見れば、文司郎よりも若い青年です。目には涙を浮かべて、私の言葉をじっと受け止めていました。彼を責めても仕方がない。そう心ではわかっていながら、どうしてもこの気持ちを抑えることができなかったのです。

「私が内藤さんご家族のサポートをする担当になりました。今後、いろいろなことがあると思いますが、誠心誠意、務めさせていただきます」

私が少し落ち着くのを見てから、彼はそのようなことを言われたと思います。でも私は、自分たちのことなどどうでもいい。文司郎さえ帰ってくれば……。以前のような元気な姿で……。それしか考えることができませんでした。

こんな事態に巻き込まれてしまっては、私たち家族はどのように対応していいかわかりません。結局は日揮からの指示を待つしかありませんでした。

事件が起きてから数日後、一度横浜《よこはま》の会社に戻っていた担当者の彼から電話が入りました。国が、今回の事件で亡くなった日本人の遺体を引き取るため、政府専用機を出すことに決まったとの連絡でした。その飛行機で遺族たちも現地に連れていってくれるとのことでした。私はやっと文司郎に会えると思いました。

「パスポートはありますか」と尋ねられ、慌てて確認してみると、すでに有効期限が切れていました。そう話すと、こうした緊急時には外務省が対応してくれるとのことです。私は二郎の会社の方に付き添っていただいて地元にあるパスポートセンターに行き、すぐにその場で新しいパスポートを手にすることができました。

また身元を確認するために、歯型やＤＮＡ鑑定ができる髪の毛などが必要だと言われました。私は事件を知った後、何度も足を運んだ文司郎の部屋に行き、ベッドの近くに落ちていた髪の毛を見つけて、歯ブラシと一緒にビニール袋に入れました。

文司郎は几帳面な子でしたので、仕事などで長期間留守にするときは、きちんと部屋を整理していきます。机の上はきれいに片付き、ベッドの布団も整えられています。でも、まさか自分がもうこの部屋に戻ってくることができないなんて、考えてもいなかったでしょう。

高校生になってからずっと過ごしてきたこの部屋は、私にとってもさまざまな思い出が詰まった場所。小さい頃から好きだったミニカー、文司郎が描いた油絵、何もかもそのままなのに、ただ文司郎だけがいないなんて……。それは母親にとっては、まだ受け入れることができない現実でした。

とにかく、異国の地で待っている文司郎の元に早く駆けつけてあげたいと思っていました。荷物をまとめなさいと言われ、何をどう用意したらいいのかもわからずに、友人たちに助けられながらとりあえずの旅行支度をまとめました。

文司郎の元へ。それだけを考えて準備を整えて待っていたところへ、日揮の担当者の方と派遣会社の社長さんが来ました。

私たちを迎えに来てくれたのかと思いましたが、そこで予想外の言葉がありました。

「政府専用機がいっぱいで、遺族の方は乗れなくなりました」

日揮の担当者の方からそう言われ、私はとても驚きました。

「なぜ遺族が乗れないの？　遺族が優先なのではないのですか？　飛行機なんだから大きいでしょう。一人、二人もだめなんて変じゃない！」

くってかかった記憶があります。もうすぐ文司郎に会えると思っていたのに、突然それがダメになるなんて……。どうしてこんなに遺族の心を弄ぶのか。これは誰の策略なのか。怒りをぶつける相手は、連絡をくれた日揮の担当者しかいなく、彼に言っても始まらないとはわかっていながら、厳しい言葉を投げかけるしかできませんでした。

「すみません。鑑定する医師を連れていったり、日本に連れ戻す人たちもいて、ご遺体もありますので……」

彼は小さな声でそう私に詫《わ》びました。

私の気持ちを汲んで、社長さんは「自分たちでお金を用意してでも、行きましょう」と言ってくださいました。それができるならと私も思いましたが、でも結局はそれも叶わず、あきらめるしかありませんでした。

こうして私たち遺族はアルジェリアに赴くことなく、羽田《はねだ》空港で遺体を乗せた政府専用機が戻ってくるのを待つこととなりました。

ところがまた、一時戻っていた日揮の担当者からの連絡が入りました。今度は「文司郎の遺体が見つからないので、飛行機に乗せられない」と言うのです。

私は驚きました。

「なんで見つからないの？　文司郎だけ置いてこないでよ！　ちゃんと日本に連れて帰ってきてよ！」

また声を荒らげて言ってしまいました。電話をかけてきてくれている人も、伝えられた話を私にしているだけのはずで、彼に強く言っても仕方ないことは心の中でよくわかっていました。しかし、どうしても電話で話す私の声は荒くなってしまいます。

電話を切ると、異なる考えが浮かんできました。

ああ、亡くなったというのは誤りだったのだ。きっと、どこかに隠れていて無事だったのだ。子どもの頃に好きだったかくれんぼみたいに、まだどこかに隠れていて、きっともう少し時間が経ったら笑いながら出てくるだろう。現場はとても混乱していたから、他の人と間違えたに違いない。そう思い当たると、目の前がパーッと明るくなるような感覚になりました。そうなるともう、亡くなったことなど信じられず、早く生きている文司郎の声が聞きたいと、そう思いました。

しかし現実は残酷です。半日ほどして入った連絡は、私をまた谷底に突き落とすのです。

「ご心配をおかけしました。文司郎さんの遺体は、他の方たちとは違うモスクに納められていて、先ほど見つけることができました。DNA鑑定をして、内藤文司郎さんと確認できました。みなさんと一緒にお戻りになることができます」

先方はきっと私が安堵《あんど》していると思われたでしょう。まさかこんなふうに、自分からの連絡に一喜一憂しているなどとは考えられないのかもしれません。何もかもが、辛い辛い時間でした。

悲しみの再会

文司郎たちを乗せた飛行機が羽田空港に着くのは二十五日の早朝と決まりました。私たちは文司郎を迎えてやるために、前日の夕方に自宅を出発することとなりました。羽田には私と二郎が向かうことにしました。

体調がすぐれない夫でしたが、数日前に退院して自宅に戻ってきていました。文司郎を家族全員で迎えてあげたかったからです。夫には文司郎が亡くなったことを、私の口から直接伝えました。そのときはとても驚き、涙を流しましたが、病気の症状で、しばらくすると忘れてしまったようでした。それもまた幸せなことです。

出発する間際、私は夫に言いました。

「文司郎を連れて帰ってくるから、家で待っていてほしい」

夫は不思議そうな顔をします。

「文司郎はもう大人なのに、なぜお前が迎えに行かなければいけないんだ」

夫がそう言うので、私は「そうだね」とだけ言いました。

すでに新聞などで文司郎の名前が報道されていましたので、家の周囲はマスコミの人たちで騒々しく、たまにふらっと外に出ていく夫が心配でした。夫を一人で家においておくわけにもいかないので、よく家に出入りしている友人に、しばらく見ていてもらうよう面倒を頼みました。

二十四日の夕方、私と二郎は日揮の担当者に付き添われ、豊橋駅から新幹線に乗って品川《しながわ》駅で降りました。家から外に出ると、マスコミの人たちに囲まれてしまったので、豊橋駅と品川駅で少しだけ今の気持ちをお話ししました。

品川駅では派遣会社の社長さんが待っていてくれ、私たちに付き添ってくれました。文司郎とはアルジェリアに出発する前、何度も面会をしていて、現地に行ってからもメールでやり取りをしていたとのことでした。

「申し訳ございませんでした」

そう頭を下げられましたが、私には返す言葉がありませんでした。

その夜は会社が用意してくれたビジネスホテルに泊まりました。外に出るとマスコミがうるさいのでとお弁当とお茶を渡されましたが、ほとんど喉を通りませんでした。二郎と二人、とにかく体を休めようとベッドに横たわりました。

しかしほとんど眠ることができず、いつの間にか朝を迎えていました。私たちは再び迎えの車に乗って、羽田空港へと向かいました。空港に着くと、私たちは待ち構えているマスコミを避け、特別に用意されたであろう大きな部屋に案内され、そこで待つことになりました。家族ごとに分かれてテーブルにつきました。それぞれ家族が同じような突然の悲しみを抱えてしまっている。確かに共有するものはあったはずですが、そのときの私たちにはそれさえもどうでもよく、自分自身を支えることが精一杯で、互いに言葉を交わすこともありませんでした。

個々の家族に警察官が付いて、私も神奈川県警の女性警官の方に付き添ってもらいました。トイレなどに移動するときも常に一緒に行動してくれましたが、とても温かく接していただき、ありがたいと感じました。

午前七時過ぎ、文司郎たちを乗せた政府専用機が、羽田に到着したと告げられました。飛行機から降りてきた遺体が納められて白いシートに包まれた棺は、政府の要人や日揮の関係者たちに迎えられ、黙禱《もくとう》が捧げられたといいます。それからしばらく経ち、仮の安置所に運ばれた遺体とやっと対面することができました。

部屋はついたてで仕切られてブースに分かれ、それぞれに祭壇が設けられていました。棺の両脇には花束がたむけられています。

そのときはもう、自分の意志で何かをすることはできず、ただ言われるままに女性警官に抱えられながら、言われた棺にゆっくりと近づきました。

大きな箱が一つ。この中に文司郎がいる。左右に開かれた小さな窓を覗《のぞ》くと、そこにはあの文司郎の顔がありました。穏やかに目を閉じ、眠っているようでした。傷はまったくありません。ただ懐かしい文司郎がそこにいました。

「文っ、文っ！」

思わず声をかけましたが、文司郎は微動だにしません。その頰に触れたいと思いましたが、棺の蓋は開きません。これから司法解剖が行われるため、親族といえどもその肌に直接触れることさえ許されないのです。

「文っ、こっちだ、帰ってこい！」

私はもう一度、声を振り絞って叫びました。それでも何も変わることはありませんでした。会いたかった文司郎。私の大切な息子。その体は確かにここにあるけれど、でも魂は遠いかの地に置き忘れてきてしまっているのではないか。魂を呼び戻したいと、私は懸命に叫び続けました。

二郎も兄の顔を見て、泣き崩れました。

同行してくれた派遣会社の社長さんは、私たちの後ろに立ち、「助けてあげられなくて、申し訳なかった」と頭を下げました。

離れたくない。このままずっと文司郎のそばにいたい。そう思っても、許されることはありませんでした。なんとも不条理な、我が子との再会です。これから場所を移動して、検死と司法解剖がされるということです。この子はまだ痛みを受けなければいけないのかと思うと、母として耐えられない仕打ちを受けているように感じられました。身を剝がされるような痛みを覚えながら、私は二人の女性警官に支えられて、文司郎の棺から離れました。

文司郎の最期

翌日、司法解剖が終われば、文司郎を引き取って、やっと自分たちの故郷に連れ戻すことができます。そのため私たちは、東京のホテルで一泊することになりました。派遣会社の社長さんが、私たちのために静かな場所にホテルを取りましたと言ってくれ、一緒にタクシーで送ってくれました。しばらくは何も考えられず、ぼうっとシートに埋もれるように座っていました。

「もうすぐホテルに着きますよ」

社長さんがそう言ってくれて、車は暗い坂道を上っていきました。

「母さん、ここ、山の上ホテルだよ！」

二郎が突然言いました。

そう言われて外を見ると、確かに見覚えのある風景でした。神田駿河台《かんだするがだい》にある山の上ホテルは、私たち家族にとって思い出のホテルです。豊橋に住んでいた私たち家族は、息子たちが子どものころ、夏休みやお正月休みによく東京に遊びにきていました。地方にはない、都会ならではの刺激や、いろいろなものをたくさん見せたいと考えていたからです。そのときに宿泊するのは、決まって山の上ホテルだったのです。

最初に山の上ホテルを選んだのは夫でした。夫は明治大学の出身で、「俺はこのあたりしかよく知らん」というのが、その理由でした。でも一度泊まってみると、とても落ち着いた雰囲気が私もとても気に入り、以降は東京に出たときの定宿になっていたのです。

家族みんなで東京に泊まりに出かけたのは、文司郎が小学校を卒業するまでのことでしたから、もう三十年以上も前のことになります。まだ小さかった文司郎が、今、車で通っているこの坂道を、トコトコと上っていく姿が急に私の脳裏に蘇《よみがえ》りました。

なんという不思議でしょう。家族で懐かしい時間を過ごしたこの場所に、文司郎を迎えに訪れたときに泊まることになるとは……。これは何かの導きがあったような気になりました。文司郎が「ありがとう」と言ってくれているようにも感じました。

懐かしい香りがするホテルの部屋に入ると、私は今日一日の張り詰めていた気持ちがプツリと切れたように、体から力が抜けてベッドに倒れ込みました。しばらく時間が経って、うつらうつらしていたときに、電話が鳴りました。

「俺が出るよ」

二郎が言って、電話を取りました。はい、はいとうなずきながら相手の話を聞き、最後に「わかりました」と言ってそのまま電話を切りました。

「何の電話だったの」

私は二郎に聞きました。

「兄さんの最期を聞いた」

二郎はポツリと言いました。電話は警察からの連絡だったようです。それは文司郎の遺体を調べた結果でした。耳の裏を銃の弾が貫通していて、それが死因だということがわかった、とのことでした。

「一瞬のことだから、即死だろうって。苦しむことはなかったはずだって言っていた」

「そう」

「母さんには直接聞かせたくなかった。だから俺が聞いた」

それは二郎なりの優しさでしょう。

「そうだね、ありがとう」と、私は答えました。

私は数時間前に見た文司郎の顔を思い浮かべました。まるで寝ているような、静かな表情でした。確かに、苦しむ時間さえ与えられずに、突然の死だったのでしょう。いえ、自分はまだ死んでしまったことにさえ気づかずに、魂はこの世で迷っているのではないか。もしそうであるなら、その魂だけでもしっかりと抱きしめたいと思いました。こうした思いを抱えて、私はいつの間にか眠りに落ちていました。

翌日は文司郎を故郷に連れて帰るため、警察の遺体安置所に行きました。いくつかの病院で司法解剖が行われた被害者の方たちの遺体が、そこにすべて集められていました。

それぞれの家族が、それぞれの悲しみを抱えながら集まり、大事な家族と共にそれぞれの故郷へと戻っていくのです。同じ悲しみを抱えているはずでしたが、このときも互いに声をかけ合ったり、慰め合ったりすることはありませんでした。誰もが今、この場に自分がいることが信じられず、一人靄《もや》の中に包まれているような感覚で、周りの人たちを意識することさえできなかったのでしょう。

私たち遺族が集まると、テーブルの上に大きなビニール袋が置かれました。そこには亡くなった人たちが身につけていた洋服などが入っていました。

「確認をしてください」と言われて、私は文司郎の袋を手にしました。

中には見慣れたTシャツと、作業着のようなものが入っていました。ちょっとくたびれたTシャツは、私が何度も洗濯したものです。

「こんな古びたTシャツをもっていくの？　新しいやつを買えばいいじゃない」

確か私は荷造りのときに、文司郎に言った覚えがあります。

「いいんだよ、着慣れたTシャツのほうが。ダメになったら捨ててくればいいんだから」

文司郎が笑いながら言っていた言葉が思い浮かびます。

作業着には、黒ずんだ大きなシミが付いていました。きっと拳銃で撃たれたときに噴き出た血なのでしょう。文司郎の体の中を流れていた血だ。私は思わず袋を開けて、その血のシミに触れようとしました。

「ダメですよ！　手で触れては！」

後ろから厳しい声が飛んできました。私はびっくりして手を止めました。なぜ、なぜ我が子の服に触れてはいけないの？　だってもう、これは私たちのものでしょう。心の中で叫びました。付き添ってくれていた女性警官の方が慌てて私の元に飛んできて、ビニールの手袋を渡してくれました。

「お母さん、これをして触ってあげてくださいね」

優しく声をかけてくれて、また涙が出ました。

これが息子のものであることを確認すると、その袋はそのまま係の方がもっていってしまいました。私たちの元には戻ってこないのだそうです。息子が最期に身につけていたものなのに……。

何もかもが思いどおりにいかないようです。

文司郎の声が聞こえた！

いろいろな手続きを終えて、やっと文司郎を故郷に連れて帰ることができました。用意されたワゴン車に文司郎を乗せて、私は前の助手席に座りました。二郎は別の乗用車に乗って後を付いてくることになりました。先頭には警察の車がついてくれるとのことです。

東京を離れ、東名《とうめい》高速道路に乗って、豊橋へと向かいました。予定では葬儀が行われる斎場に向かうことになっていて、カーナビにその進路が示されていました。

でも、豊川《とよかわ》のインターチェンジを降りたときのことです。

「俺、行きたいところがある」

後ろから声が聞こえたように感じました。そう、文司郎の声が確かに私の心に届きました。

「どこへ行きたいの？」

心の中で返事をしました。

「二郎の会社に寄りたい」

弟の二郎は自分で会社を経営していました。文司郎は仕事の帰りによく二郎の会社へ寄って、おしゃべりをしてから家に戻ってくることがありました。

「そう、二郎の会社を見ておきたいんだね」

カーナビを見ると、インターチェンジを降りてすぐに左に曲がるよう表示されていましたが、まっすぐに行けば二郎の会社があります。

「このまま、まっすぐに行ってください！」

私は運転手の方に声をかけました。とてもびっくりしていましたが、「通る道は決められていますから」と、冷静に答えられました。

「文司郎が行きたいところがあると言っています。どうしても行かせてあげたい」

驚いた運転手の方は、前方に合図をして前の車と後ろの車を道路脇に停めてくれました。

私は、文司郎を斎場へ連れていく前に、どうしても行かせたい場所があると懇願しました。最初は警察の方たちも困ったような顔をしていましたが、互いに話し合ってくれて、私の意向を汲んでくれることになりました。

わがままを言ったかもしれない。無理を通したかもしれない。でも文司郎の魂はきっと私たちが日本にまで呼び戻して、この体のそばにあるんだ。たとえ他人の迷惑になろうとも、子どもの願いを叶えてあげたいと思うのが親心なのです。

車は進路を変えて、二郎の会社の前まで行き、しばらく駐車場に停まってくれました。それから文司郎が通っていた高校の前をゆっくりと通ってもらい、最後に自宅の前にも行ってもらいました。

「母さん、俺の部屋には上がれんね」

「そうだね、ちょっと無理だから、ここで我慢してね」

家の前の駐車場に車を停めて、しばらくそのままでいました。マスコミの方たちが多くいたので、こんな騒動になっているのかと、もしかしたら文司郎自身も驚いていたかもしれません。それからやっと私たちは葬儀場へと向かいました。

疲れたね。やっと故郷に着いたよ。これからはずっと一緒だよ。

私は息子にそう声をかけました。

第二章　愛しき子との思い出

小さな命と共に

内藤文司郎は、一九六八（昭和四十三）年十二月十日に、愛知県豊橋市で、父・内藤傳八《でんはち》と母・さよ子の第一子として誕生しました。文司郎の名は、私が本を読むのが好きだったので、文学好きの子どもになればと名付けました。

当たり前のことではありますが、子どもは父親の遺伝子と母親の遺伝子を受け継いで生まれてきます。文司郎が成長していく姿を見ていても、ああ、これは夫から受け継いだもの、これは私からのもの、と感じることが多くありました。なので少しだけ、私たち親のことを書きたいと思います。

傳八の家は、古くから内藤建設という社名の建築業を営んでいました。特に煙突を建てる技術に長《た》けていて、名古屋《なごや》から静岡あたりの製紙工場やお風呂屋さんなど、さまざまな工事を手がけていました。その長男坊で将来は後継ぎとして期待されて生まれた傳八は、大学を卒業後、家業を継ぎます。しかし、人を使う経営者よりも、仲間と共に大きな仕事をするほうが好きであると、建築士の資格をもっていた傳八は、途中で家業から離れて大手ゼネコンに就職をし、定年まで勤めました。

文司郎が成人してから建築の仕事に興味をもったのは、父の影響と、生まれ育った環境があったのではないでしょうか。大きなモノをつくる仕事に携わりたいというのは、やはり父親譲りの資質なのでしょう。

母である私は、同じく地元豊橋で、鉄工所を営む家に生まれました。八人兄弟の六番目。上に兄が四人、姉が一人います。私が小学校六年生の時に父が亡くなりました。死とともに生きていくのはどんなにつらいか。私に訪れたのは、そういう時間でした。しかし、それは弱さの時間ではありませんでした。父は私を強くしてくれました。工場は母と兄たちが切り盛りしていました。母は細腕で一家を担い、従業員も抱えていた工場をやりくりしており、子どもたちの世話まで手が回りませんでした。私が父のいない寂しさを埋めるために没頭したのが絵です。中学時代から絵を本格的に描き始め、全国規模のコンクールに入賞したこともありました。高校を卒業した後は東京で絵を学びたいと思いましたが、まだ女の子が都会に出て勉強するなどといったことが当たり前の時代ではありませんでしたから、家族から反対されて、叶いませんでした。

文司郎も絵を描くことが大好きでした。絵を描くことに興味をもったのは、やはり私の影響を受けてのことだと思っています。

夫と知り合ったのは私が十九歳のときでした。知人からゴルフ場のパンフレットに載せる絵を描いてほしいと頼まれ、ゴルフ場の端のほうでスケッチをしていたときに、飛んできたボールをよけようと思って転んで怪我をしてしまい、そのときに助けてくれたのがゴルフ場でプレイをしていた彼でした。

十二歳も年上でしたが、誠実そうな人柄と、私自身が早く家を出て自分の城をもちたいという思いがあって、結婚することを決めました。この頃はまだまだ女性の自由は限られていました。ずっと育った家で暮らしたいという思いもありましたが、男兄弟が多い家庭でもありましたし、当時、女は家を出て家庭をもつことが当たり前という時代。家族みんなからそう言われておりましたし、そんな思いをもつ親兄弟に囲まれて暮らすより、結婚して新しい家庭を築いて、もっと自分らしく、自由になりたいというのが本音だったように思います。

私たちは一九六五（昭和四十）年に結婚しました。傳八が三十二歳、私が二十歳のときでした。夫の家は事業も順調でしたが、親の財産に頼るのが嫌だった私は、いろいろと仕事をしながらお金を貯めて、三年後に豊橋から少し離れた場所に土地を買い、家を建てました。

その頃には新しい命を身ごもっていて、引っ越しをして十日目に産気づき、初めての我が子が誕生しました。長男の文司郎です。

命を授かるということはとても素晴らしいことです。小さな命を私が守らなくてはいけない。そう思うと母親としての愛情が湧いてきます。私は昼間、夫が仕事に出かけて二人だけになった時間がとても大切に思われました。

まだ夫婦二人だけの頃、時間に余裕ができると、よく絵を描いていました。何もない白いキャンバスに絵の具を重ねていくことで、描かれる私の思い。絵は、自分のやったことが形として残る。それが好きでした。

しかし子どもが生まれて、本当に大切なものは、形としてあるものではないということを知りました。文司郎と一緒に、部屋でお気に入りのクラシックの音楽をかけながら過ごす時間。音楽は部屋にただよい、消えていくもの。けれどもその時間の中に満ちている幸福を私は愛しました。今振り返っても、それはとてもとても幸せな時間でした。

母親はこうした時間をもつことができるから、いつまでもいつまでも、我が子を愛することができるのでしょう。

心に刺さる小さなトゲ

私には、ひとつ後悔があります。いえ、文司郎を失ってしまった今となっては、彼の四十四年の人生のさまざまな分岐点において、あのとき彼の人生の道筋を変えてあげていればこんな悲劇と出合うことはなかったはずだと、胸を押しつぶすような後悔が山ほどありますから、後悔はひとつではありません。ただ、多くの中でも、私の最初の後悔、というものがあります。

それは、文司郎が生まれてから一カ月ほど経ったときでしょうか。小さな命を身にまとい、泣いたり、ミルクを飲んだり、眠ったりと、まだまだ手のかからない、静かな時間が流れているときです。私はその日も、文司郎とたった二人でゆったりと過ごしていました。そのとき家に一人の男性が訪れました。

その男性は唐突に「墓はいらんかね」と尋ねてきました。

子どもが生まれたばかりなのに、墓を売りに来るとは、なんて不吉なことだろうと、私は思いました。しかしその男性は、玄関に立ったまま、その理由を話し始めました。

文司郎が生まれる直前に私たちが家を建てた場所は、以前は雑木林のようなところで、その後、宅地用に開発された土地でした。もともとは、ダムで沈められてしまう村の人たちの転居先としてつくられた場所で、余った土地が売りに出されたのです。後から購入した人たちのためにも墓地を作ろうということになり、我が家にもせっかくだからと声がかかったという次第でした。

私はまだ二十代、夫もまだ三十代。内藤の本家にはお墓もありましたから、本来、墓など必要はありません。最初はそう思って断りました。しかし実家の母にこの話を伝えると、せっかく縁があって言ってくれたのだから、家の近くに墓があったほうが良い、買っておいたらどうかと言われました。若い私たちはよくわからずも、親の言うことならばと、結局、墓地を購入することになりました。

ずいぶんと昔の話なのですが、なぜあのとき墓地を買ってしまったのかと思います。

年齢の順番からすれば、夫、私、そして子どもたちが入るのが当然です。しかし結局、そのお墓に最初に入ったのは、文司郎となってしまったのです。文司郎が生まれて間もないときお墓を買ってしまったことが、何か短命に結びついてしまったのではないかと、私はやはり後悔せずにはいられないのです。

母と子の時間

文司郎は三歳から幼稚園に通い出すと、チェロと絵を習い出しました。どちらも私の意向ではありましたが、楽しくやっていたと記憶しています。

絵は、私が結婚後も趣味として描いていましたので、家の中にさまざまな道具がありましたから、小さい頃から私の道具を引っ張り出して、大きな画用紙に好きな絵を夢中になって描いていました。特に口を出すことはなく、自由に描かせていましたので、絵を描くのが好きになったのだと思います。

私の知り合いに絵画教室をやっている人がいたので、そこに通わせるようになりました。いつも楽しそうで、小学校を卒業するまで通い、油絵なども描いていました。

チェロは、通っていた幼稚園が才能教育に力を入れており、いくつかの教室を開いていました。チェロの教室を興味深そうに見ていたので、「やってみる？」と尋ねたところ、「やってみたい」とのことだったので、教室に通わせることにしました。

幼稚園時代に一度、東京の武道館で開かれた全国大会に仲間たちと一緒に参加したことがあります。揃《そろ》いの服を着て、みんなで舞台で演奏した写真が、今もアルバムに残っています。小さな可愛らしい、私の宝物です。

ちょうどその頃、夫がもっと大きな仕事をしたいと大手ゼネコンに転職しました。東京に転勤となったので、文司郎の三年後に生まれた二郎と四人で、社宅のあった千葉県の行徳《ぎょうとく》に引っ越しました。ちょうど文司郎が小学校に上がるときだったので、区切りが良いとみんなで上京しました。

しかし夫は全国のさまざまな現場に泊まり込みで行くことが多く、これではどこにいても変わらないと、結局二年ほどで住み慣れた豊橋に舞い戻ってしまいました。

私は高校を卒業後、東京に出たいと思いましたが、その思いはかないませんでした。でも、いざ子育てをしながら都会で暮らしてみると、やはり地元の伸び伸びとした環境で子どもを育てたいという思いが強くなったのです。夫と私の実家が近いということもありました。生まれ育った場所というのは、やはり居心地の好いものです。

小学校時代の文司郎は、弟の面倒をよく見る、とても優しいお兄ちゃんでした。子どもを二人もっと、同じ環境で育てても、子どもって違うんだなぁとつくづく思います。ちょっとおとなしめで穏やかな文司郎と、ヤンチャで積極的な二郎。子育ては面白いものだと感じました。

文司郎はとても育てやすい子で、素直で、真面目で、何事もコツコツとやるタイプ。漢字の勉強なども好きで、弟が外で友だちと遊んでいるときでも、一人でリビングのテーブルでノートを広げて、何度も同じ漢字を一生懸命書いているような子でした。

東京（住まいは千葉でしたが）を離れてみたものの、私の中にはやはり都会への憧れがありました。それは私自身がというよりも、子どもたちにとっての、というほうが大きいかもしれません。子どもたちには広い世界を見せたい、感じてほしいという思いもありました。東京はさまざまな面で違います。大きなビルがあり、多くの人がいます。今でこそ日本中で海外からの旅行客に出会うことができますが、当時は地方で外国人を見かけることはほとんどありませんでした。東京で外国の人たちに出会うことも、世界を知る上で、大切な経験だと私は考えました。

そのため私たち家族は、夏休みやお正月など、まとまった休日が取れたときには、東京で過ごす時間を作りました。夫が学生時代を過ごした東京・神田駿河台にある山の上ホテルを定宿にして、家族四人で東京の街をいろいろと散策する。これが毎年の内藤家のイベントとなりました。これも文司郎が小学校を卒業するまで続きました。

我が家はけっして豊かな家ではありませんでしたが、それでも子どもたちにはできるだけさまざまな経験をさせて、視野を広げてほしい。それが私の教育方針でした。

こうした背景もありますが、文司郎がなぜ外国に興味をもったかを考えると、ひとつのきっかけだと思うのが、日本テレビの「ズームイン!! 朝！」という番組でした。ウィッキーさんという外国の方が街角で日本人に英語で話しかけるというコーナーがあり、小学生になりたての頃、文司郎はこの番組を興味深そうに見ていました。そして「よその国があるんだね」と言って、初めて外国というものを知るようになったようです。その後、夫の実家で買ってもらった地球儀をくるくる回しながら見て、世界にはいろいろな国があることを理解したようです。

昭和五十年代初めの頃のことでしたから、今ほど国際化などという言葉が当たり前ではなかった時代だと思います。それでもこれから未来のある子どもには、広く世界を知ってほしいという親としての気持ちがありました。

文司郎が十歳になった頃、私たちは文司郎が生まれる前に買った家を売って、別の場所に転居しました。夫の父親が所有する土地に、新しく家を建てたのです。そこが現在の私たちの住まいです。

街道沿いで人通りも多かったことから、義理の父親にすすめられて私はそこで商売をすることにしました。はじめは喫茶店でした。私自身、働きたいという思いはありましたが、子どもたちが学校から帰ってきたときに、いつも家にいてあげたいと思い、喫茶店なら自宅のようにいつも子どもたちを迎えられると思ったからです。

二郎は学校が終わって一度家に戻っても、すぐに飛び出して友だちと一緒に外を走り回って遊ぶような子でしたが、文司郎は外で遊ぶよりも家にいることが好きな子。お店の奥まったところに一人で座り、宿題をしたり、好きな絵を描いたりして過ごすことが多くありました。親子で一緒に過ごした時間は、今も大切な思い出です。

息子は何を夢見ていたのか

中学校に入ると、次第に子どもと親との時間は減っていくものです。特に男の子をもつ家庭では、それはどこも同じようなことだと思います。

何を考え、何を目指していたのか、十代の子どもの心を、親が覗き見るのは難しいことでしょう。私自身もそれでいいと思っていましたので、ほとんど口うるさいことは言いませんでした。もともと文司郎は親を困らせるようなことはありませんでしたから、黙っていても自然と成長していくものだと考えていました。

当時の出来事を振り返ると、週末や夏休みなどに、夫の実家の仕事をよく手伝ってくれたことが思い出されます。実家から、手が足りないから手伝ってほしいと声がかかると、夫と一緒に朝から建設現場に出て、一日中、砂利を運んだり土をならす、いわゆる土木作業を、汗を流しながら頑張っていました。

「文司郎は、一輪車に土を入れて運ぶのが上手だ」

夫が嬉《うれ》しげにそんなことも言っていたこともありました。

二郎がなんとか手伝いから逃れようといろいろと言い訳を言っていると、「働かざるもの食うべからずだよ」などと、兄さんぶって言っていました。

中学生になると、親や親の仕事に反発する子どももいます。思春期ならではの難しい年頃です。しかし文司郎は心根がとても優しく、家のために手伝いをするのは当たり前と、嫌な顔もせずに仕事を手伝ってくれました。私もそうした親子の姿を見るのはとても嬉しく、親の仕事を手伝う息子に感心させられたものでした。

文司郎は、基本的に体を動かして働くことをあまり苦にはしていなかったようです。また、その後の文司郎が選んできた仕事を考えると、こうした経験が役立ったのか、あるいはこうした建築現場での仕事が嫌いではなかったということでしょうか。何かを作り上げることにやりがいを感じることができたのは、内藤の家に続く血筋なのかもしれません。

勉強もとにかく真面目で、コツコツタイプでしたから、成績は悪いほうではありませんでした。特に英語は好きで、成績も良かったと記憶しています。家で勉強をするだけで十分だと言い、塾にも通いませんでしたが、それでも高校は地元でも有名な県立の進学校に進むことができました。

事件があった後に、何か文司郎の姿を感じたくて、息子の部屋にあった中学校時代の卒業文集を引っ張り出し、彼の作文が載っているページを開いてみました。その当時にも確かに読んだ記憶はありましたが、すっかり忘れていました。改めて読んでみて、心が痛くなりました。当時、文司郎が何を考えていたかがわかりました。その後の人生が、一本の線につながっているようにも感じました。

ここに全文を紹介させていただきます。

世の中について

十一組　十六番　内藤文司郎

ぼくは、この三年間で、特別目立った思い出というものがないので、こういう題にしました。中学三年が、判断することですから、多少は独断と偏見があるかもしれませんが、そこのところは了承して下さい。

今日、この世の中には、いろいろな問題が巷に転がっています。例えば、政治、経済、貿易、紛争、景気、教育、犯罪などです。また、国鉄の赤字などもそうですが、今までのいろいろなツケが回ってきているんだなと思いました。政治では、去年の衆議院議員総選挙では各党の激しいつばぜり合いが続きましたが、結果は、自民党が定数を大幅に減らし、安定多数を維持することができなかった、与野党伯仲が実現しました。そしてここ数年にない新自由クラブと自民党の連立政権が誕生しました。

また、皮肉なことに、ロッキード疑惑丸紅ルートの田中角栄氏が、二十二万票という大量な票を手中に収めました。ぼくは、いろいろ考えてみた結果、これは、田中氏が、地元のみ優先した結果の表れだと思いました。また、貿易などでは、貿易摩擦が問題になってくると思います。アメリカも毎年厳しい注文を付けてくるので、今年は、日本も相当厳しい立場に置かれると予想されます。紛争は、人民に被害を与えます。無益な戦争は、早くやめてもらいたいものです。第二次大戦の二の舞を踏まないようにしてもらいたいものです。

また難民問題も大きな課題の一つです。皆さんは、むさくるしい部屋で、ひもじい思いをしている人々の様子を、心に浮かべたことがありますか？　今、その人達の求めているものは、世界の人々の善意の心だと思います。私たちが、うかれていたり、ふざけていたりしている時に、その人々は、飢えと戦っているのです。未来を背負っていくのは私たちです。今一度、そのことについて考えてみようではありませんか。


中学校三年生の文司郎の文章は、大人の目から見るとずいぶんと背伸びをしているようにも感じられます。それでも中学生のまだまだ幼い中で、世の中の出来事を真剣に自分のこととして受け止め、一生懸命に考えていたことがわかります。

なかでも、平和で恵まれた日本で育ちながらも、今同じ時代に海外には辛く、苦しい思いをしている人たちがいることを、きちんと理解していることに、我が子ながらに頭が下がります。そして未来には、大人になった自分も世の中のために何か役立つことをしたいと、考えていたのだろうと感じてしまいます。

曲げてしまった人生の道

高校生になると、親にとってはさらに息子の姿は見えにくくなります。それは十代の男の子では当たり前のことなのでしょうが、あまり家でも話す子ではありませんでしたので、今もその思いを知ることはできません。

高校時代は、文司郎の人生にあっては一番楽しかった時期だったのではないでしょうか。ラグビーのサークルに入り、友だちと一緒に青春のときを過ごしました。泥まみれになったユニホームが、ポンと洗濯機の前に置かれていると、ああ、毎日元気で頑張っているんだなぁと感じることが、母の幸せでした。

絵は、小学校六年生頃まで絵画教室に通っていましたが、その後は自己流で時間があるとスケッチブックを広げていることも多くありました。私に似て、絵を描くのはずっと好きなままだったのでしょう。

高校は進学校でしたので、自ずと大学を目標にして、受験のために勉強もしていました。私は子どもの自主性に任せておりましたから、特に勉強をしろと強く言うようなことはありませんでした。それでも文司郎なら大丈夫だろうという思いもありました。

高校三年生になって、そろそろ進路を決めなければいけないというときのことでした。ある日、文司郎が私にポツリと言った言葉があります。

「俺、絵の学校に行こうかな」

私は彼を信じていましたし、将来は自由に生きてほしいと考えていました。しかし息子からそう言われたとき、親として息子の未来を考えました。

「絵では、将来食べていくのは難しいから、普通の学校に進んだほうがいいんじゃないの」

すると息子は「そうだね」とうなずきました。そしてその後、彼の口からは一度も美術の道に進みたいと言うことはありませんでした。

なぜあのとき、「それもいいね、頑張ってみたら」と言えなかったのか。

もし私が文司郎のやりたいことを応援してあげて、絵の道に進んでいたら、あの子はアルジェリアには行くことはなかったのではないか。このような最期にはならなかったのではないか。親のエゴで息子の道を曲げてしまったから、違う人生を歩ませてしまったのではないかという思いが今も心の中に残ります。

第三章　息子はなぜ海外へ行く道を選んだのか

都会の中で生きる

文司郎がなぜ四十四歳という若さで、その人生を閉じなければならなかったのか――。息子の人生が、なぜ日本から遠く離れたアルジェリアの地に辿り着き、本人とは関係のないテロに遭遇しなければならなかったのか――。

世界を震撼《しんかん》させた事件と我が子を結びつけるのに、確かな理由などないのかもしれません。それでも文司郎がその場所に行き着いてしまったのは、運命だったのでしょうか。それとも何か、原因があったのでしょうか。

その答えが見つかったとしても、文司郎は戻ってはきません。でも文司郎を失って以来、常に「なぜ文司郎は死ななければならなかったのか」という問いが、禅問答のように私の頭から離れないのです。

親として考えるに、もしその原因をつくるきっかけとなったものがあるとすれば、それは彼の優しさではなかったかと思ってしまいます。

息子は高校時代、将来の道を考えるときに、ひとつには父親の姿があったようです。父親が建築士の資格をもっていたので、当初は建築学を学べる大学への進学を希望していました。しかし意に適わず、そうした学部のある大学には入ることができませんでした。それでも横浜の大学に合格することができたため、そこに進学することとなりました。

私は特に大学へのこだわりがなかったので、それなりに大学生活を楽しんで卒業し、東京でも地元でも就職をしてくれればいいと考えていました。

ところが夫は違いました。自分よりもいい学校に行ってほしいと考えたのです。大企業で働いていたこともあり、私よりも学歴、大学名にこだわりをもっていたのかもしれません。

文司郎はすでに横浜の大学に通い始めていましたが、父親の思いを聞いて、再受験を決意します。父親の思いを叶えたいという優しい気持ちがあったのでしょう。横浜に行って数カ月ほどで、大学に退学届を出してしまいました。

それからしばらく、東京で浪人生活をしていました。高校時代まで地元の進学校にあってもけっして成績は悪いほうではなかったので、時間をかけて受験勉強に集中をすれば、父親が望む大学にも入れるのではないか。私たち親も、また本人もそう考えていました。しかし一年目、二年目と思うような結果が出ず、文司郎は東京に出て二度目の春に、浪人生活に区切りをつけました。

「母さん、ごめんね。俺、もう勉強に集中できる期間は過ぎたみたいだ」

文司郎は電話で、申し訳なさそうに言いました。

人生にはさまざまな分岐点がありますが、最終的に息子が海外へと羽ばたく分岐点はと問われれば、このときだったのではないかと思うのです。

私は文司郎に、「地元に戻ってくれば」と声をかけました。しかし、しばらくは東京で頑張るからという返事で、息子は戻ってきませんでした。彼なりに、自分の生きる道を探していたのだと思います。私たちは黙って見守ることしかできませんでした。

二十歳前後の若者にとっては、やはり閉鎖的で人間関係が濃密な地元よりも、周りの人から拘束されない東京の生活のほうがずっと自由だったのでしょう。希望する大学に入れなかったという挫折から自分なりの力で脱出するためには、こうした空間と時間が必要だったのかもしれません。

文司郎は東京でいくつかのアルバイトを経験します。その中でもやはり建築関係の仕事に興味があったようでした。その後に改めて就職活動を始めて、二十三歳のときに建築土木関連の会社に正社員として入社することになりました。これでやっと社会人としてスタートできた、親としてはひとつ安心することができました。

元々、内藤家の家業ともいえる建築業であり、父親が働く姿も知り、また自分自身も汗を流して働いた経験をもつその世界に、再び戻ってきたことに私はとても安堵しました。生きていくためには、やはり何か技術をもっていることが武器になる。文司郎も同じように考えたのでしょう。この会社では働きながら、国家資格を取得しています。

東京と豊橋は、それほど遠くはありません。新幹線に乗れば二時間程度しかかからない距離です。それでも若い世代の子どもたちであれば、東京で忙しく働く日々を過ごしていると、地元に帰ること、親と顔を合わすことも面倒に感じられたりしてしまうのではないでしょうか。しかし文司郎はとても律儀に、お盆や年末年始の長期休暇には必ず家に帰ってきて、私たちに元気な姿を見せてくれました。

私はその頃、子どもたちが小学生の頃に自宅で始めた喫茶店を改装し、ブティックとアンティークのお店を開いていました。月に一回は、商品の仕入れなどのために東京に出ることがあり、一度、「文ちゃんのところに泊まってもいいかな」と尋ねると、「いいよ」と言ってくれたので、それからは文司郎の部屋に一泊するようになりました。

そこで息子の東京での生活の様子を見られることは、親としては何よりの安心です。文司郎のところに泊まった日は、必ず母親の手料理で、二人でテーブルを囲みました。

「レンコンは、もっちりしているのが美味《おい》しいね」「やっぱりカレーは母さんの味だね」などといった何気ない会話が、今もふと思い出されます。

再び、家族で……

文司郎は東京の会社には十年ほど勤めていましたが、三十一歳になったとき、故郷の豊橋に戻ってきました。夫が自宅の庭で転んで骨折をしてしまうという出来事があり、私たち夫婦二人では心配だからと言って、決意をしてくれました。二郎はすでに結婚をして家を出ていました。近くには住んでいましたが、子どもも生まれて、自分たちの生活で精一杯。親たちの面倒までは頼れませんでした。

「僕は身軽だから」と、文司郎は東京での生活にピリオドを打ってくれたのです。

しばらく私と共に父親の面倒を見てくれていましたが、だいぶ良くなったのを機会に、再びこちらでの仕事探しを始めました。これまでの仕事で身につけた技術を生かそうと、建築土木関連の仕事を探していたときに見つけたのが、道路舗装工事を専門とする会社でした。入社するとすぐに東名高速道路の舗装修繕工事に携わることになり、ここで経験を積むこととなります。その後の第二東名高速道路のトンネル工事では、工程管理や安全管理を行う現場主任も務めています。

こうした大掛かりなプロジェクトでは、ほとんどが工事現場に用意された宿舎での泊まり込みの工事となります。それでも帰るのは実家である我が家です。東京にいたときよりは頻繁に、月に何度かは自宅に戻ってきてくれました。

十代で一度、家を離れてから再び十数年の歳月を経て、親子で共に暮らすことになりました。息子はすでに三十代、私たち夫婦も六十代と五十代です。穏やかな息子はいっそう優しくなり、長期の休みが取れたときには、私たち夫婦を車に乗せて、温泉旅行にも連れていってくれました。

三十代の成人男性が、親を連れて家族旅行。もし結婚をしていれば、親のことなど気にもかけていられない年頃なのではなかったかとも思います。文司郎は積極的に人の輪の中心になるような性格ではなかったので、なかなかいい人と巡り合うことができなかったのかもしれません。

こんなことを書いてと、息子からは怒られそうな気もしますが、母として文司郎の女性に関する思い出話といえば、一つだけ思い当たることがあります。

まだ東京で働いていたときのことでした。久しぶりに実家へ帰り、弟も家に来て、家族四人で食事をしていたときのことでした。

「一緒の会社で働いている、事務の女性から付き合ってほしいと告白された」

文司郎が言いました。初めて聞く話に私は嬉しくなりましたが、ここは冷静にと、表情に出さずにおりました。

「へぇ〜。で、付き合っているの？」

さすがに兄弟だけあって、弟は単刀直入に質問をしました。

「それが、結婚を前提にして付き合ってほしいと言うから、もし付き合って、結婚したくなかったら困るから、断った」

「なんでだよ。付き合ってみて、うまくいかなそうだったらそのときはそのときだよ。付き合ってみればよかったのに」

「いや、一回約束したら、申し訳ないから」

文司郎の真面目さが伝わるエピソードではないでしょうか。二郎はいたって現代っ子。それに比べて慎重で、石橋を叩《たた》いても渡らないような、そんな性格の長男でした。

親としては、せっかく実家に戻ってきたのだから、いいお嫁さんでも迎えてくれればとも思いましたが、なかなかそうした縁には恵まれませんでした。親子三人、平穏な時間といえばそうですが、息子本人にとってはそれがけっして満足のいくものでなかったのだろうということも想像できます。

あるとき、文司郎が急に太りだしたので、健康のことを心配して私がすすめ、医学的断食療法を導入している施設に二週間ほど滞在したことがありました。そこから帰ってきたときに、私が何か文司郎の気に障ることを言ってしまったようでした。

「母さんが言うことが、すべてではない」

文司郎がちょっと声を荒らげて、私に反発するように言ったのです。

口数も多くなく、思いがあっても、グッと心に収めてしまうような子でしたから、そのときの出来事が今も印象深く残っています。あまり表には出しませんでしたが、やはりこの頃の息子の心には、何かもやもやとするものがあったようにも思います。

外国、行ってみるかなぁ

文司郎が初めて海外の仕事に携わったのは、二〇〇六（平成十八）年、アフガニスタンでの道路工事の仕事でした。

なぜ文司郎は海外の仕事に関心をもったのでしょうか。私の記憶を辿っていくと、それより一年ほど前に息子と交わしたある会話を思い出します。それは私が豊橋市で開催された講演会を聞きに行き、とても感動してその内容を文司郎に伝えたときのことです。

「今日、講演会に行ってきたの。その人、お医者さんなんだけど、いろいろな発展途上国へ行って、さまざまな活動をしているんだって。医師としてその土地の人たちの病気を診るだけでなく、地元の人たちと一緒になって、ブルドーザーに乗って荒れた土地を耕して、畑作りもしているんだって。世の中には偉い人もいるんだねぇ」

多分、このようなことを話したと思います。それに対して、文司郎がどのような言葉を返したのか、興味深そうに聞いていたのか、あまり記憶はありません。それでももしかしたら、私の一言が文司郎の心に、中学生の頃に見つめた外国の人々への関心の種に、命を吹き込んでしまったのではないか……。そんなふうにも思っています。

実は以前から、文司郎よりもむしろ次男の二郎のほうが海外志向が強く、二十代はじめに一人で海外留学へと出ていきました。さらに数年間現地で働き、地元に戻ってからは外車の輸入関連の仕事を自分で興しています。

「二郎は行動力がすごいなぁ。俺にはなかなかできないよ」

文司郎はこのように言っていました。

文司郎は学生時代から英語が得意でしたので、私はいっとき、「あなたも外国で勉強してみたら」とすすめてみたことがありましたが、そのときも笑いながら「俺はいいよ」と言っていたのです。

それでもある日、ぽつんと彼は言いました。

「外国、行ってみるかなぁ」

なんでも自分で決めて、思うとおりに行動する弟と比べて、文司郎にはこういうところがありました。自分の思っていることをちょっと口に出して、私の反応をうかがうのです。

「いいんじゃない、行ってみれば」

私は息子の行動を制限したくはありませんでしたし、私たち夫婦のために息子の人生を縛りたくもありませんでした。親を思い、豊橋に戻ってきた息子のこれからを考えれば、思っていることはどんどん積極的にやってほしい。だからこそ彼の言葉に、そう答えたのだと思います。

文司郎自身も、これまでの人生を何か変えたいという思いがあって、一歩踏み出してみようという勇気になったのではないでしょうか。

息子はそのときにやっていた現場の仕事に区切りがつくと、会社を退職します。そして新たに海外で働く道を模索しました。そして道路の舗装工事を海外で手がけている長野にある会社に就職をしました。文司郎は海外で働くため、一定期間、本社近くにある寮に入り、研修を受けました。道路工事の技術や経験はありましたが、現場で現地の人たちに指導をするため、海外で専門用語などが使えるように研修を受けるためでした。

私も文司郎の背中は押したものの、やはり外国で働くとはどのようなことか、想像がつかず、心配でもありましたので、一度、会社に足を運びました。その会社では温かく迎えていただき、社長さんにも会いました。海外の仕事の様子なども教えていただき、安全体制も万全であると教えられ、安堵したことを記憶しています。

こうして文司郎は二〇〇六（平成十八）年に初めて、中央アジアのアフガニスタンで、マザリシャリフという街の道路改修の工事に参加します。約九カ月間の仕事を終えて、日本に帰ってきたのは翌年の二月。冬の寒い時期でしたが、久しぶりに見た息子の顔は日焼けして、少し痩せて顔が引き締まり、少し印象が異なりました。それが長期間、海外で頑張ってきた証しのようにも感じられました。

日本で二カ月ほど過ごした後、再び文司郎は海外へと向かいました。今度は同じアフガニスタンの首都、カブールで国際空港のターミナルの建設に携わりました。このときは約半年ほどの期間で、現場主任を務めました。

日本でずっと暮らしている私たちにとって、アメリカやヨーロッパ、あるいは身近な東アジアの国々と違って、中東・中央アジアの国々は、まさに未知の国といっても過言ではないでしょう。多くの紛争が起こり、政情も不安定で、自身の安全が守れるのかと、当時も不安がなかったわけではありません。しかし息子が自らした選択に、親としてそれを否定する言葉を伝えることはできなかったのです。

実際、文司郎がテロ事件で命を落とした後に、何人かから「どうして息子をそんな危険な場所へやったのか」「行くのを止めることはできなかったのか」と非難めいた言葉を投げつけられたこともあります。私はそれに対して、返す言葉がありませんでした。確かにそうなのかもしれません。私がもっと強く、「そんな危険な場所に行かないで」と止めていれば、文司郎は死ななかったのかもしれません。それでもやはり、文司郎の中の何かが、日本ではないあの場所へ、駆り立てたのではないかとも思うのです。

海外で出会った子どもたち

文司郎がなぜ海外で働くことを選んだのか。その理由を本人の口から直接聞くことはなかったので、その真実は未だに私にも正しくはわかりません。ただ、最初に海外の現場での仕事を経験したときに、日本では得ることのできない何か、彼の内側での変化や、手応えのようなものが感じられたのではないかと思います。

あるとき、文司郎は私にこんな話をしてくれました。

「母さん、外国で仕事をしているとね、いつも現地の子どもたちがすごく面白そうに見ているんだ。それで道路で工事の状況を記録するために、写真を撮るだろ。すると現地の子どもたちが集まってきて、自分たちの写真も撮ってほしいとねだるんだ。その子どもたちの目がとてもキラキラしていて、かわいいんだ。でも、その子どもたちがどうして、銃なんかをもつようになってしまうんだろうね」

文司郎はとても悲しそうな顔をしていました。日本とはまったく異なる環境の中で目にした子どもたちの姿が忘れられないようでした。

また、あるときにはこんな言葉もありました。

「日本で道路工事をしていると、みんな迷惑そうな顔をして通っていく。砂ぼこりが立つとか、音がうるさいとか、文句を言う人もいる。道路を造るのは、みんなの暮らしを良くするためのはずなのに、もう日本ではきれいな道路なんて当たり前だから、道路を造ってもらうことに感謝がないんだ。でも外国では、大人も子どもも道路工事を珍しそうに見て、ああ嬉しい、早くきれいな道路ができてほしい、そう言ってくれる」

日本で働くことと海外で働くことの違いを、文司郎は徐々に強く感じるようになってきたのかもしれません。こうした思いがあったからでしょうか。二度のアフガニスタンでの仕事を終えてから二年後、一度は再び国内での仕事に従事したものの、また海外で働くことを選びました。その場所はアルジェリア。高速道路工事の現場でした。

そのときは、以前の会社を退職していましたので、自ら海外で働ける仕事を探して、この現場を選んだようでした。立場は派遣社員でした。

海外でこうした建設や土木の現場で働く日本人たちの立場はさまざまです。日揮のような大企業が大きなプロジェクトを受注し、そこの社員として海外勤務という形で海外に出る人もいます。こうした人たちは会社から辞令によって転勤が命じられ、多分、行く国や場所も自分で選ぶことはできないでしょう。しかし再び日本に戻ってくればきちんとした新たなポストがあり、定年まで安定した会社生活が保証されているのだと思います。

派遣社員の条件は、まるで反対です。契約の期間は現場の状況によって、半年、一年と限られ、戻ってきてから新たな仕事が見つかる保証もありません。身分が極めて不安定なだけでなく、海外派遣は自然環境や生活環境が厳しい現場が多く、労働環境も過酷になります。さらに日本人社員は、現地の人たちを使って作業をすることが多く、語学力や海外の人たちとのコミュニケーション能力が問われます。

息子は海外留学などで英語を学んだ経験はありませんが、好きな勉強の一つでありました。ですので海外に行くにあたり、自分なりに英会話の勉強もしていましたし、実際に海外に出るようになって、それなりに語学力は身につけていくことができたようです。

コミュニケーションに関しても、海外の人と分け隔てなく話ができる人間性は備えていたと思います。だからこそこうした世界に飛び込むことができたのでしょう。

働く環境は日本と比べて、けっしていいとは言えなかったはずです。それでもなぜ、派遣という仕事の形を選んでまでも文司郎は海外へと向かったのでしょうか。

以前、文司郎は私に、こう漏らしたことがあります。

「外国には、自分を必要としてくれる場所がある」

きっと文司郎は、海外で働くことで、自分のやっている仕事に対して、誇りをもつことができたのだと思います。厳しい自然環境や慣れない海外の暮らしでも、自分の仕事を喜んでくれる人がいること。豊かな暮らしをつくる力になっていること。日本のように何もかもが満たされて豊かになった社会ではなく、新しいものができることに喜びを感じてくれる、そんなこれから発展していく国に、自分の力を注ぎたい、そんなやりがいを感じていたのではないでしょうか。

日本の建築や土木の技術は世界的にも高いレベルにあるといいます。日本から派遣される技術者は、主に現地の人たちの指導役、管理役を担うのが一般的です。現地の人たちにとっては、新しい技術を身につける機会にもなり、ここで学んだ技術が、さらにその国の発展のためにも生かされていくのでしょう。

ずっと以前、文司郎がまだ中学生か高校生のときのことですが、こんなことも思い出されます。大好きな宮澤賢治《みやざわけんじ》の『雨ニモマケズ』の詩の一節「東ニ病気ノコドモアレバ　行ッテ看病シテヤリ　西ニツカレタ母アレバ　行ッテソノ稲ノ束ヲ負ヒ」を諳《そら》んじて、「母さん、やっぱり困った人がいたら、行動しなければいかんよね」と。この言葉は、海外に出ていった文司郎の姿と重なります。

文司郎が日本で働き、身につけた技術を発展途上国の人たちのために役立てる。そうした仕事に生きがいを感じていたのなら、それは日本人としての誇りだと私は思います。

かすかな不安

文司郎は二〇一〇（平成二十二）年にアルジェリアの国際空港での仕事を終えて帰国した後も、国内での仕事にいくつか携わりながらも、次の海外での仕事を模索していたようでした。前回の仕事を通して、海外で多くのプロジェクトに関わっていた通訳のNさんと知り合い、その紹介で東京にある海外派遣を業務とする会社と連絡を取り合うようになったようです。今回のアルジェリアで事件が起こった際の仕事は、この会社からの紹介です。

もちろんアルジェリアに行くことを決めたのは文司郎の意思です。しかし今回、その過程や現地に行ってからも、今までの業務とは少し異なっているという違和感が本人の中にもあったようでした。

まず派遣会社を通して今回の仕事の話が来たとき、なるべく早く返事がほしいと言われたことに疑問を感じていました。いつもはある程度、じっくりと考える時間があるのに、今回は返事を急かされたと言っていました。

「なんでそんなに急ぐのか、変だなぁ」と文司郎は言いながら、どんどんと話が進んでいくことに、少し不安を感じるようになっていました。

それほどその場所に行く人が足りないのか。それはなぜだろうと、今ならもっと強く疑問を感じても良かったのにとも思います。

しかし息子自身、アルジェリアという地に対して、それほど大きな危険への意識をもっていなかった、というのも現実にはあったのでしょう。それは前回のアルジェリアでの仕事で、この国に対する印象はとても良かったというのがその背景にあります。国を挙げてのプロジェクトであったこともあり、日本から参加した技術者たちには、それなりの気配りがあったと言います。月に何度かはアルジェリアの日本大使館に呼ばれて、ディナーなどのもてなしをうけた、との話も聞いています。

また、三回の海外での仕事を通して、もちろん日本に比べれば安全とまでは言えなくても、しっかりと危機管理をしていれば、それほど危ないことはないと、これまでの経験から良いように考えていたのかもしれません。

ただ、大きく違うのが、今回は天然ガスプラントの現場であるという点です。これまでの海外の仕事は高速道路や空港など、国のインフラ整備の仕事でした。そのことに少し不安を感じていたというのはあったようです。

アルジェリアに行くと伝えられてから数日ほど経ったときのことでしょうか。

「母さんなら、『カスバの女』っていう歌、知っているでしょ？」

と文司郎から尋ねられました。「カスバの女」は昭和四十年代にヒットした歌謡曲。そう言われて最初のメロディーが頭に浮かびました。

「ああ、知ってるよ」

「あれにさぁ、アルジェリアっていう国の名前が出てくるんだって。前にアルジェリアの現場に行ったとき、知り合った日本の技術者の人が、寂しくなったらこの歌を歌うって言ってた」

「ふーん、そうだったかしら」

私はそう答えました。その後お風呂に入り、湯船に浸かっていたら、自然とその歌詞が思い浮かんできました。

涙じゃないのよ　浮気な雨に
ちょっぴり　この頬　濡らしただけさ
ここは地の果て　アルジェリア
どうせカスバの　夜に咲く
酒場の女の　うす情け

確か、青江三奈《あおえみな》さんやちあきなおみさんが歌われていたと思います。とても悲しい歌です。

「ああ、アルジェリアって地の果てなんだなぁ」と思うと、涙が流れてきました。

お風呂から出て、文司郎に尋ねました。

「アルジェリアって、どんなところなのかしら」

「砂漠が広がっていて、朝日が昇るところがとてもきれいなんだ。日本では見られない風景だよ。写真を撮ってくるから、お正月に戻ったときに、見せてあげるよ」

文司郎は写真が好きで、仕事で家を離れるときも、いつもカメラをもっていってました。そうか、今度の仕事は三カ月ほどだから、すぐに帰ってくるんだ。そうしたら一緒に文司郎が撮った写真を見せてもらいながら、話を聞けばいいんだと思いました。

「そんなに危険じゃないよね」

私が尋ねると、文司郎は笑って答えました。

「親よりは先に死なないよ」

「当たり前じゃない！　文司郎が父さんと母さんを看取ってくれないと……。二郎だって困っちゃうよ」

何もかもが予測できない出来事の中で、それでも出発の前に文司郎は、これまでと異なる行動を見せています。

特に、後々になって驚いたのは、出発前に今回の仕事の派遣契約を結んだ会社や、派遣元の会社について、連絡先などをしっかりと私に伝えていたことでした。しかもわかりやすいようにと、文司郎は連絡先のメモを、わざわざ冷蔵庫にマグネットで貼っていったのです。

「母さん。今回は日揮の仕事で行くから、日揮と派遣会社の連絡先を書いておいた。ここに貼っておくね」

これまで文司郎が海外に出かけたときは、私たちは携帯電話で連絡を取っていました。時差があり、どんな状況かもわからないので、こちらから連絡を入れることはほとんどなく、文司郎からかかってくる電話を待つばかりです。それでも月に何度かは連絡をくれて「みんな、変わりはない?」「父さんはどうしている?」などと、いつもこちらの様子を心配してくれていました。あちらでの仕事の様子は、あまり話すことはありませんでした。

携帯電話は便利なもので、たとえこちらからかけることが少なくても、もし急用があればいつでもすぐかけられます。どんなに遠くてもつながっている、という安心感があります。用があれば文司郎に電話をかければいいと考えていたので、特に派遣元の会社と連絡を取る必要もなく、ほとんど無用なものと考えていました。だから私たちの目の見えるところに、わざわざその電話番号を貼り付けておくことが、ちょっと不思議でした。

「わかった。なんかあればこちらに連絡する」

私は紙を見ながら、そう言ってしまったのです。でもその後、何回もこの連絡先に電話をかけることになろうとは、そのときは思いもしていませんでした。

文司郎はいつも、長期間にわたって家を空けるときには、留守中に私たちが困らないようにと、細々としたことにまで気を配ってくれます。庭いじりが好きな私のために、ガーデニング用の肥料や土など重たいものは留守にする前に買いに行こうと、車で一緒に出かけてくれました。そのときも買い物に出て、帰りに文司郎が出た中学校の近くを通りかかりました。

「あ、○○の家、この近くだったよなぁ」

懐かしい友だちの名前が出ました。

「寄っていくなら、お母さん、待っているよ」

「今日はいいよ、また来るから」

高校を卒業してから、しばらく地元を離れていたからでしょうか。こちらに戻ってきてからも地元の友だちとの交流は少なかったので、友だちに会いたいと言い出したことも、少し不思議なようにも感じました。何か心を引き寄せるものがあったのでしょうか。しかしそのときは、結局誰とも合わず、二人で家に戻りました。

文司郎の背中を見送って

それから数日して、文司郎がアルジェリアに旅立つ日が来ました。

大きな荷物は先に宅配便で成田《なりた》空港まで送っていましたので、荷物はボストンバッグ一つでした。翌日の朝早くに成田を発つ便に乗るというので、夕方の六時頃に新幹線に乗る予定となっていました。用意を整えた文司郎は、日が落ち始めた頃になって、支度を済ませて自分の部屋から階下に降りてきました。

「じゃあ母さん、行ってくるよ」

玄関に立った文司郎は言いました。

「バス停まで送るよ」

私はそう言って、息子と一緒に玄関を出ました。その頃、夫は体調が優れず、夕方には床に就くことが多く、その日もすでに布団で休んでいました。

「父さんには行ってくるって言ったの？」

「もう寝てたから、顔だけ見てきた」

「そう」

家からバス停までは百メートルほど。私たちは肩を並べて、歩道をゆっくりと歩きました。

「ほんとは、父さんに車で駅まで送ってもらいたかったなぁ」

私はちょっと不思議なことを言うなぁと感じました。夫はここ数年、体力が落ち、注意力や判断力も低下していて、日常的な生活が難しくなっていました。以前は自動車の運転もしていましたが、何度か自損事故を起こし、人に迷惑をかけては大変だと運転をやめていたのです。ですので夫が車で息子を送っていくのは不可能なこと。わかっていて、なぜか文司郎はそう言ったのです。

「車で駅まで行きたかったの？　それならタクシーでも呼べばよかったのに」

私は単純にそう言いましたが、後で考えてみると、文司郎はもっと父親と一緒にいる時間が欲しかったのかもしれません。なぜだかきっと、そう感じていたのでしょう。

二人でバス停に立ち、しばらく何気ない会話をしながらバスを待ちました。バスがやってくると「じゃあ母さん、行ってくるよ」と文司郎は言って、軽く手を上げるとそのままステップを上がりました。私たちはそこで別れ、私はバスに乗る文司郎の背中に手を振り、見送りました。それが永遠の別れとなるとも知らずに……。

最後の電話

海外に行った文司郎からの連絡は、あちらの携帯電話からかかってくるのを待つばかりです。出発した息子が、無事に現地に着いたかが、まず最初の心配です。

実家を出てから幾日かして、私が食事の支度をしようと台所に立っていると、携帯電話が鳴りました。待ちに待った文司郎からの電話でした。

「母さん、無事に着いた。今、アルジェリアの現場にいる」

「そう、よかった。そちらの様子はどう」

「なんか、ちょっと大変なところに来てしまったみたいだ。現場の周りはぐるっと鉄条網が張られていて、部外者が入れないようになっている。危険なところかもしれない」

　これまでもいくつかの海外の現場を経験していた文司郎ですが、今回はちょっと違う。何か嫌な感じがする。自分はこんなところへ来てしまったのかと、着いたときにそれをすでに実感していたようでした。電話口の言葉から、不安な気持ちが伝わってきました。

「そう、何かあったら、上の人に相談するのよ」

　遠く離れた場所で暮らす我が子には、いくつになっても心配は尽きません。それでも「すぐに帰っておいで」と言いたい言葉をぐっと抑えて、その日は電話を切りました。

　私とは電話のやり取りでしたが、友人や仕事関係の人とは、パソコンのメールでやり取りをしていたようです。後に、文司郎に派遣会社を紹介してくれた通訳のNさんが、イナメナスに到着した当時、文司郎と交わしたメールをコピーして渡してくださいました。その一文を転載します。

[October30,2012 1:29AM]
Nさん
本日無事にイナメナスに到着しました。

今思うことは…

①宿舎にテレビと冷蔵庫が無いのが不便です（あるという話でした…）

②それとこっちはまだまだ暑くて、夏用の作業服をもってこなかったのが失敗です。（いらないと言われていたので…）防寒着がいると言われていましたが、当分いらないと思います。

③宿舎のクローゼットの鍵が壊れていて意味をなしていません。昼間ローカルが洗濯物を回収に部屋に入るそうで防犯上不安です。

人はみんないい人です。

とりあえずそんなとこです。

現場からの写真を添付します。見渡す限りの地平線です。添付に二時間くらいかかりました。インターネットはそんな感じです。

内藤

文司郎がメールで送ったという写真も、プリントアウトしていただきました。黄土色の砂地が一面に広がり、遠くで空と交わり、その間には防御壁のような壁が立ちはだかる写真。もう一枚には無機質な白いコンテナが写っており、これは従業員たちの住居のようでした。こんな箱のような住まいの中で、文司郎は毎日寝起きして暮らしていたのかと思うと、胸が締め付けられるようでした。

これも後になって知るのですが、事件が起こってから一カ月後に、日揮から事件に関する報告書が届きました。その中でセキュリティー体制について触れられた箇所があり、そのときになってやっと当時の現場の様子を知ることになりました。

文司郎が行ったガス処理プラントの現場におけるアルジェリア軍の警備体制について、次のように記されています。

警備は「既設プラント及び宿泊設備のある三キロメートル×四キロメートルの範囲」に敷かれ、「万一に備えて六十キロメートル離れたイナメナス市街にもアルジェリア軍が駐屯」しており、「区域以外への外出は制限され、この区域を出る場合は必ずアルジェリア軍のエスコートにより警護」されているとのこと。「区域内にあっても、日揮事務所での勤務は五時三十分から十九時三十分までに制限され、それ以外は宿泊設備に留まる」。さらに「宿泊設備、既設プラントは、車両の出入り口を除き、逆T字形のコンクリートブロックで囲まれていた」のだそうです。

日揮としては、遺族にこれだけの警備体制を整えていたということを伝えるための報告書だったのでしょう。でもこれは私にとっては大きな衝撃でした。これだけの体制を整えなければならないほど、危険が予測されている場所に、文司郎は足を運んでいたわけです。

さらに文司郎は、事前にこうした状況も知らされていなかった、あるいは認識していなかったのではないか、と思います。それだけに到着後、不安が彼を襲ったことが予測されます。早く日本に戻りたいと考えたとしても無理もないことだったでしょう。それでも息子は、自分の果たすべき仕事をやり遂げようとしました。

文司郎のイナメナスの現場での仕事は三カ月とされていましたので、帰国は一月中旬と予定されていました。

十二月十日の文司郎の誕生日には、二郎が兄へメールを送り、文司郎からも返信が来ました。


こんばんは、二郎です。

お誕生日おめでとうございます。44歳ですね。お互い年を取りました。

父、母は元気にしています。インフルエンザにもかかっていません。

帰ってきたら、また飲みたいですね。

体に気をつけて、仕事頑張ってください。こちらもがんばります。

おやすみなさい。

二郎より

こんにちは。メールありがとう。

普段はほとんど年齢のことは考えずに生活していますが、誕生日の連絡で気付かされます。

毎日現場か宿舎にいる生活ですが、少ない楽しみを見つけて過ごしています。

今、同じ工区で仕事をしている人で、一人っ子で実家に母親が一人でいるという人がいます。

親のことを頼める弟がいる自分なんかは、いいほうなんでしょうね。

お父さんとお母さんのこと、よろしく頼みます。

帰ったら、一緒に飲みましょう。

文司郎

これが、世の中にたった二人の兄弟が交わした最後のメールになりました。互いに再会の日を楽しみにしていたというのに……。

そして私も、文司郎の帰りを待ち望んでいました。私たち家族は、年末年始に文司郎と父親の誕生日があることから、それに合わせていつもみんなで温泉旅行に行っていました。十二月には二郎のところで二人目の子どもが生まれたので、今回は文司郎がアルジェリアから帰ってきてから弟家族にも声をかけて、三人分の誕生会をみんなで賑《にぎ》やかにやろうと文司郎にも伝え、私は一月二十四日に宿を予約していました。

文司郎の声を最後に聞いたのは、お正月を過ぎた頃でした。いつものように、携帯電話で連絡をしてきました。


「ちょっと帰りが遅れそうだ。チケットが取れなかった」

「いつ頃になりそう？」

「一月二十五日に着く便で帰る。二十六日には豊橋に戻れるよ」

「それじゃあ宿の予約、二十七日に変更しておくね」

「わかった。それなら行ける。楽しみにしている」

「気をつけて帰っておいで」

それが私と文司郎との最後の会話になりました。

不思議なことに、この予定と変わらず、一月二十五日に文司郎は飛行機で羽田空港に着きました。翌二十六日には豊橋に戻っています。しかしそれは、たった一つしかない大切な我が息子の命が、奪われた後の帰還でした。

第四章　慟哭の日々、母の思い

別れのとき

二〇一三（平成二十五）年一月二十六日。故郷に戻った文司郎の遺体は、懐かしい場所や住み慣れた家に立ち寄りながら、豊橋市内の葬儀場へ納められました。

私はひっそりと、家族葬のような小さなお葬式で静かに文司郎を見送りたいと思っていましたが、連日この事件は大きく報道され、その中に文司郎の名前も掲載されていたことから、中学、高校時代の友人や、仕事関係の方々からも多くの問い合わせがあり、比較的人が多く入れる式場を準備することになりました。

親族や友人たちの手助けを借りながら慌ただしく準備をすすめ、一月二十七日、午後六時から始まった通夜には、私たち親族三十人ほどばかりでなく、予想以上に多くの方々にお集まりいただき、弔問客は三百人ほどにもなりました。

あまり人付き合いの上手な子ではないと私は思っていたので、こんなに多くの方々が集まってくれるとは思わず、驚きもありました。同時に、文司郎が生きた四十四年間には、これだけの人たちが関わっていたのだ、親が子どもの世界のすべてを知っているわけではない、私の知らない文司郎の人生があったことも知りました。大勢の人たちが、文司郎のために涙を流してくれたことに感謝しています。

通夜の夜は、文司郎の友人たちが数人ほど残ってくれて、二郎と一緒に棺を囲んでお酒を酌み交わしながら、ずっと話をしてくれていました。私が夜中に何度か文司郎の顔を見に行くと、みんなで賑やかに話をしている姿がありました。中学、高校時代の懐かしい話をしているのでしょうか。きっと今日は、話題の中心に文司郎がいるのでしょう。文司郎もきっと静かに目を閉じながら、みんなの声を聞き、微笑《ほほえ》んでいるに違いありません。日本に戻ってこられて、故郷に戻ってこられて、本当に良かったと思いました。

告別式にも二百名ほどの人たちが弔問に足を運んでくれました。たくさんの友人、仕事関係の方たちが集まり、文司郎との最後の別れを惜しんでくれました。四十四歳の短い人生、志は半ばでありましたが、世の中に何かを伝えられたのなら、それは意味のある人生だったと信じたいと思いました。

政府からは、安倍《あべ》総理からも弔電が届きました。

世界の最前線でご活躍され、また、日本から遠く離れた困難な場所でも、地域のために歯を食いしばって頑張って来られた内藤文司郎様の命が奪われてしまったことは誠に悔しく、このような非道なテロが二度と起こらぬよう、政府として尽力してまいります。

日本国民とともに、内藤文司郎様の多大な功績に感謝し、ご冥福を心よりお祈り申し上げます。

内閣総理大臣　安倍晋三

日揮からは副社長も葬儀に参列いただき、葬儀に関しても、日揮関係者の方々には多くお手伝いもいただきました。

夫は、文司郎の死をきちんと理解をするのは難しかったようでしたが、周りに支えられて、喪主としての役割を果たし「皆様方に子どもがお世話になりました」としっかりと挨拶をしてくれたことに安堵もしました。

それでも通夜、告別式という儀式の流れの中では、私はただ呆然と、時間に身を任せていたように感じます。この儀式が終わってしまえば、今ある文司郎の姿が消えてしまうことが口惜しく、悲しく、枯れるほどの涙を流したはずなのに、また涙が溢れてきました。

棺に納まった文司郎は、何度声をかけても目を開けることなく、ただ静かに眠るようにそこにいました。その姿を見られる時間も、もうほんのわずかしか残されていません。悲しみが何度も何度も、津波のように私の心に押し寄せてきました。

参列していただいた方々にお配りした会葬礼状は、私たち遺された家族たちの思いを込めたものにしました。当時の思いを伝えるために、ここに転載させていただきます。

「お帰りなさい　よく頑張ったね　どうかゆっくり休んでください」

昭和四十三年十二月十日、文司郎は我が家の第一子として生をうけました。

淡々と優しい性格で、誰かと争うのではなく、芯をしっかりもち自分の道を真っ直ぐに進むような子供でした。「体格がいいから呼ばれたんだ」そう言って時習館高等学校時代に入ったラグビー同好会は楽しくて仕方なかったようですくすくと成長する姿を私達は頼もしい思いで見守っておりました。

海外の仕事が多くなってからは、「ご飯食べてる？　お腹空いていない？　いやなことがあったらすぐに帰っておいで」そう電話で心配する母親に、優しい返事をしていたものです。

まだ四十四歳、このような形で大切な息子を失う悲しみは言葉になりません。しかし私達は文司郎の死から学ばなければならないことがあります。これから同じ世代の方々が、この国を支えていくでしょう。何かを得、そして僅かでも何かを変えることができるのなら、文司郎を含め共に命を失った方々の何よりの供養になるのではないかと考えております。

長男　内藤文司郎は、平成二十五年一月十六日、四十四歳にて生涯を終えました。

人生の途上で出会い、ふれあい、支えてくださったすべての皆様へ深く感謝を申し上げます。

本日はご多忙の中ご会葬賜り、誠にありがとうございました。

略儀ながら書状をもってお礼申し上げます。

平成二十五年一月二十八日

喪主　内藤傳八
親戚一同

菩提寺、曹洞宗の妙厳寺《みょうごんじ》の御住職から、「文英眞雄居士《ぶんえいしんゆう》」の戒名をさずかりました。こうして葬儀が終わり、ついにその肉体も失いました。遺骨を抱えて自宅に戻ってきた日の夜、私は文司郎の夢を見ました。

色の付いていない、モノクロームの夢です。足元にはゴツゴツとした石が転がり、川べりのようなところに私は一人で立っていました。ここはどこ？　不安げに周りを見回していると、遠くから成人した男性たちが十人くらい、一列になってゆっくりと歩いてきます。私のいる場所からは少し離れているので、顔や表情はわかりません。それでも暗く悲しい、重たい空気がそこには立ち込めているように感じられました。

ちょうど私の正面を通り過ぎようとしていたときに、真ん中より少し後ろを歩いていた男性が、ふと顔を上げて私を見ました。

「文！」

私は思わず声を上げました。それは間違いなく、文司郎だったのです。夢の中で、私はもう一度声を張り上げました。

「文！　文！」

するると彼はじっと私の顔を見つめました。とてもとても悲しい顔をしていました。そして再び顔をうつむき加減に前に戻すと、周りの人たちに歩調を合わせるようにゆっくりと歩き、背を向けて去っていってしまいました。

目覚めてからも、ずっとそのシーンが心に残りました。

そうだよね。悲しいよね、苦しいよね。死にたくなんかなかったんだよね。そう思うと自然と涙がまた溢れてくるのです。肉体は灰になってしまったけれど、魂はこの世のどこかに漂っているのかもしれない。きっとまだ自分がどうして死んでしまったのかわからず、戸惑いの中で魂が迷っているのかもしれない……。もしかしたら文司郎の魂は家に？　そう思いました。でも、今の母には何もできないという現実が、いっそう悲しみを深くしました。

最後の贈り物

葬儀が終わってから数日後に、我が家に宅配便が届きました。段ボールに貼られた送付状を見ると、送り主は「内藤文司郎」とあります。私は一瞬、文司郎はまだどこか遠くで生きていて、それを知らせようと私にメッセージを送ってくれたのではないかと思いました。

震える手で段ボールを開けると、箱に入った小さなスポーツカーがいくつも詰まっていました。文司郎の数少ない趣味の一つが、ミニカーを集めることでした。東京で働き始めた頃から興味をもったらしく、コツコツと買い揃え、文司郎の部屋には千個以上のミニカーがあります。お気に入りは部屋の本棚にきれいに並べて飾り、押し入れにもぎっしりと詰まっていました。

送られてきたミニカーは、文司郎が事件前に現地から注文したもののようでした。二月に七歳の誕生日を迎える甥《おい》っ子へのプレゼントだったのかもしれません。私はそのまま荷物を文司郎の部屋にもっていき、写真の前に置きました。

「荷物、届いたけれど、どうしようねぇ」

そう尋ねても答えはありません。

何もかもが空虚で、私は雲の上を歩いているような、生きているのか死んでいるのかもわからないような、毎日を過ごしていました。

こうした私を心配してか、葬儀が終わってからも、文司郎の友人たちがいろいろと気遣いをしてくれました。中学校時代から仲が良く、同じ高校に進学した河辺《かわべ》智弘《ともひろ》さんが中心となって、文司郎に向けた友人たちからの手紙を渡してくれました。葬儀に出られなかったからと、何人かの友人や恩師たち、文司郎が仕事で関わった方たちから、私たち家族の気持ちを思いやってくれる温かなお手紙もいただきました。
そこには、さまざまな私たち家族の知らない文司郎の姿がありました。

文ちゃんは、まじめで勉強もできたのに、どこかひょうきんなところがあって、いつも明るかったなぁ。なんか、冗談言い合ってガハハと笑っている様子しか思い出せないくらいだよ。下校するときもよく何人かで一緒に帰って、文ちゃんの家の前で「じゃあなー！」って言って別れたのをよく覚えている。

卒業記念文集を見たらね、すっかり忘れていたけど、11組のところに『なんでも　べすとすりい』なんてものが書いてあるんだよ。文ちゃんは〝よい子〟の一位なんだよ。すごいね。でもね、面白いのはここからだよ。文ちゃんは〝ぶり男〟の二位なんだ。〝ぶり男〟ってそもそもどういう意味だったかもう忘れちゃったけど、ともかく二位。そして文ちゃんはなんと〝わるい子〟でも三位に入っているんだよ。つまり〝よい子〟なのに〝ぶり男〟で〝わるい子〟だったんだ。おかしいだろ？　でもね、だからこそ文ちゃんはみんなから親しまれたんだと思うんだ。まじめだけじゃなくて、茶目っ気があって、優しくて、どこか芯の強いところがあったんだよ。

みんな文ちゃんのこと、好きだったんだよ。本当に、みんなの心に残っている。

高校三年生の時は、〝文ちゃん〟と〝文司郎くん〟と呼ぶ派があったけれど、私の周りは〝文司郎くん〟派でした。文司郎くんは誰に対しても、またいつでも穏やかだったけれど（だいたいにこにこしていた）、たまに機嫌が悪いのか？（誰にでもあるので問題なし）と思うとき、「文ちゃん」と呼ぶより「文司郎くん」と呼ぶほうが、総じて返事が良かったからです。文司郎くんのことはずっと忘れないよ。

いつもにこにこしていた文司郎くん、両親思いの優しい文司郎くん、真面目に一つのことをこつこつやり遂げる文司郎くん、中学の頃から世界を見ていた文司郎くん。高校の同級生であったことをとても誇りに思います。文司郎くん、ありがとう。本当にありがとうね。

また、高校時代の恩師からも、文司郎への思いを込めて、漢詩を送っていただきました。その全文をここにご紹介したいと思います。

一月二十四日　内藤文司郎君悲報至

非　洲　夜　闇　満　天　星

阿　爾　及　東　遥　宙　青

撤哈拉砂中気在
成油設備且完型
未明銃火占家屋
游撃隊員侵入亭
立日本人多見奪
彼高邁志不消停

七言律詩　押韻は九青

一月二十四日　内藤文司郎君の悲報至る
非洲《アフリカ》の夜闇には満天の星
阿爾及《アルジェリア》の東遥か宙《そら》青し
撤哈拉《サハラ》の砂中には気在り
成油設備《プラント》且に完型せんとす
未明の銃火家屋を占め
游撃隊員《ゲリラ》亭に侵入す
立ちどころに日本人多く奪はれしが
彼らの高邁なる志は消えず停まれり

この漢詩は、彼のことを思い、まだ偲ぶというところへ整理もつかないまま、詠んだものであります。

愛知県立高校　副校長　千賀敬之先生

文司郎の死は、私たち身内の者にとってはとても耐え難い悲しみでありました。加えて、文司郎と出会った多くの人たちにとっても、さまざまな悲しみをもたらし、心を痛めてくださっていたと知ることは、私たちにとっては慰みにもなりました。ありがとう。お疲れ様、文司郎くん。そう言ってくださる方々の声は、きっと天国の息子の元にも届いてくれたのではないかと思います。

マスコミに関して思うこと

日本に住む一市民として、平凡に暮らしていたはずの私たちに降りかかった、予想だにできなかった出来事。まさか我が息子の名前や写真が、テレビのニュースや新聞で、何度も繰り返し報道される日々があることなど、まったく考えてもいませんでした。文司郎の親や家族として、私たちまでもが、何度も新聞に取り上げられました。

我が家の前に新聞社やテレビ局の方たちが多く集まり、何か変化はないかと目を凝らす。事件が起こった数日後から、まだほとんど何も把握ができないときから、こうした状況に巻き込まれました。東京に文司郎を迎えに行くときも、故郷に連れ戻したときも、本当に騒々しいくらいの人たちが、私たちの周りを取り囲んでいました。

事件後、心配をして駆けつけてくれた友人たちの中には、こうしたマスコミの人たちの行動に怒りを口にし、私たちの心労がさらに重なるのではないかと気をもんでくれた人たちもいました。そして部屋からこっそりと外を眺めながら、「追い返そうか」と言ってくれた人もいました。

世間の人たちを驚かせたテロ事件。遠くアフリカの地で起こったものの、そこには多くの日本人がいた。私がもし当事者でなかったとしても、やはり同じ日本人として、関心をもつのは当然のことだと思います。そして世間の人々が知りたいと思うことを伝えるのも、マスコミの役割だと思います。

今回、テロに巻き込まれて亡くなった日本の方は十人を数えました。その一人ひとりの被害者の方には家族や身内がいて、同じような悲しみを抱えていたはずです。そうした中で、私は新聞やテレビ、雑誌などの取材に対しては、かなり多く対応をした身内の一人であったと、後々になってから知りました。

私自身、驚きと混乱、そして悲しみのどん底へと突き落とされる中で、昨日まで顔も知らなかった見ず知らずの人たちに、文司郎のことや、今の自分の思いを伝えることの義務があるとは思えませんでした。それでもできるだけマスコミの方たちと向き合おうと思ったのには、自分なりの理由がありました。

それはこの事件の特殊性というものも理由の一つになっているのかもしれません。

私が、最初にマスコミの存在に気がついたのは、日揮からアルジェリアのテロ事件に文司郎が巻き込まれたらしいと連絡が入った翌日の深夜のことでした。布団の中で眠れぬ時間を過ごし、水でも飲もうかと台所に行ったときのことです。なんとなく気になって、カーテンを少し開けて外を見ると、目の前の駐車場の端に、一台の黒いタクシーが停まっていました。その駐車場は、私の家の隣にあるうちで所有しているマンションのものなので、見慣れない車が停まっていることはすぐにわかりました。

（こんな深夜に、誰かを待っているのかしら……）

そう思いながら窓から離れ、再び布団に入りましたが、やはり眠りに落ちることはできませんでした。二時間ほども経った頃でしょうか。気になってまた起きて、駐車場を見てみると、やはり同じタクシーが停まっています。少し明るくなってきていたので、うっすらと車内の様子が見えました。前の運転席に一人と、後ろの席にも人影が見えました。誰かを待っているのではなく、客を乗せたまま、その場所に停まっているようでした。

おかしいなあ。気にしながら時間を過ごしていると、そのまま朝を迎えてしまいました。タクシーは、まだ家の前の駐車場に停まったままです。朝の七時頃でしょうか。とにかく布団から出て着替え、コーヒーだけでも飲もうかとお湯を沸かしているときでした。家の玄関の呼び鈴が鳴りました。

「はい」

「内藤さんのお宅ですか。朝早くにすみません。○○新聞のものです。内藤文司郎さんのことでお聞きしたいことがあるのですが、お顔だし、いただけないでしょうか」

私が恐る恐る玄関を開けると、一人の男性が立っていました。その姿の先にはまだ黒いタクシーが停まっていたので、目の前にいるのがその当人だとわかりました。夜を徹して家の前で待っていて、朝になって訪ねてきたようです。私に名刺を渡すとすぐに、彼は本題を語り始めました。

「内藤文司郎さんのお母さんですか。今回、アルジェリアで起こったテロ事件で、被害にあわれた内藤さんのご家族ですね」

唐突にそう言われ、私は思わず「はい」と答えてしまいました。この事件はすでにテレビや新聞で報道されていましたが、現地で被害にあったと思われる人たちの名前はまだ公にされていません。知っているのは私たち家族のような近しい身内の者たちだけのはずです。なぜこんな、東京からかなり離れた地方都市の、しかも郊外にある一軒家まで訪ねてきたのだろうと不思議に感じました。

彼がなぜ、この事件の被害者の一人に内藤文司郎がいたことがわかったたか。それをていねいに説明してくれました。彼の友人がアルジェリアにいて、被害にあった日本人の一人が、豊橋に住む「内藤」という人だと聞いた。年齢もわかったので、豊橋に来て中学や高校の卒業文集などを調べ、この家に住む内藤文司郎であると調べがついた、と言うのです。

私は単純に「すごいな」と思いました。私はマスコミという世界を知りません。しかしこの人たちは知りたいことがあれば、徹底的に動きまわって、知恵を使って調べる。凡人には想像がつかない独特な世界なのでしょう。

彼はきっと私から、みんなの知らない情報を引き出そうとしている。それをいち早く、世の中に公表したいのだとは感じました。そしてそれをすべて否定することはできませんでした。

〝情報〟を得たい、という意味では私たちも同じです。この事件に関して、私たち家族はその当事者であるはずなのに、その立場をもってしても、優先的に何かを知る、ということはほとんどありませんでした。一日に数度、日揮の担当者から連絡は入りますが、現場が今どうなっているのか、巻き込まれた人たちの状況はどうかなどの、具体的なことは何も知り得ていませんでした。

日揮は大きな会社です。海外で多くの事業をこなし、今回のようなテロなどの起こりうる危険な場所でもプロジェクトを実施しているのですから、それなりの危機管理や、突発的な事故や事件に関しても、それに対応するマニュアルやノウハウがあるはずです。今回の事件でも、政府や外務省、大使館、外交ルートを通じてさまざまな動きがあることを、ある程度は把握することができていたのではないでしょうか。

それでも日揮も企業として、組織だからこそ公にできないこともあるのではないか。私たち被害者の家族にも、言いたくないことがあるのではないかと、やはりどうしても不信感が募ってしまうのです。

日揮の担当者と押し問答をしても、私たち親がどんな気持ちでいるかを伝えても、結局はわからないことばかりでした。それでも何か新しい情報を知りたい家族はどうしたらいいいか。だからこうして懸命に情報を集めようとしているプロの人たちとは、できるだけ良い関係を作っておいたほうが良いのではないか。そうしたら何か得られるものもあるのではないかと思いました。

私は彼から受けた質問にいくつか答え、今後、何か新しい情報が入れば教えてほしいと頼みました。

その後、日を追うごとにマスコミの数は増えていき、我が家の周りを多くの人たちが取り巻いているという異様な状況になりました。近所の方々には大変迷惑をかけて、申し訳ないと思いました。ただ、友人たちが言うように、「マスコミを追い払う」気にはなれず、タイミングを見計らって、何回か皆さんの前に立ち、質問にもお答えするように心がけたのです。

内藤文司郎の名を伝えたい

報道に対する考え方は、人それぞれであり、とても難しいものだと感じています。私はマスコミの方々の取材にできるだけ応えようとしていたので、他の遺族の方たちよりも新聞などに出る機会が増えてしまいました。遺族の方々の中には、日揮の社員の方たちもいましたから、そのご家族の方たちとはやはり立場も違っていたのだと思います。

事件が明るみになり、テレビなどで連日、事件の経過が報道され、連絡が取れなかった文司郎の死が、いよいよ真実だとわかったときのことでした。その連絡を受けてしばらくしてから、日揮から連絡が入りました。

「お名前は公表しないので、心配しないでください」と言われました。

私は、それがなぜ心配になるのかがよくわかりませんでした。

「心配ないとは、どういう意味でしょう?」

そう尋ねると、電話の主は少し困ったように、言葉を濁して言いました。

「いえ、いろいろと周りが騒がしくなって、ご家族の方に迷惑がかかるかと。これから生きていく上でも、辛い思いをさせてしまうかもしれないですし……」

私はその答えを聞いたとき、とても悔しく思いました。

「この人生で、文司郎が死んだこと以上に辛いことは何もありません！　命を落とした息子の、何を隠し立てしようというのですか。私は文司郎のことをちゃんと世間に言いたいです」

思わず声を荒らげてそう答えて、電話を切ってしまいました。

今、改めて考えてみれば、日揮の言うこともわかります。遺族の方々の中にはいろいろな考えがありますから、一概に何が正しいと言うことはできないかもしれません。世間からそっとしておいてほしいと考える人もいるでしょう。

でも、私は思います。もしここで文司郎が、アルジェリアで亡くなった「Aさん（男性）四十四歳　豊橋市出身」とだけ世間に報道されたとして、それで彼は良しとして、納得してくれるでしょうか。

俺の四十四年間はなんだったのか。こんなふうに生きて、こんなことを思ってきた、多くの友人に巡り合った、親に大切に育てられてきた、それをすべて無にしてしまうような虚しさを感じるのではないでしょうか。そう思うと、名前を発表しないということは、文司郎の人生そのものを覆い隠してしまうようで、私は納得することができなかったのです。

こうした思いがあったから、記者の方々から寄せられた質問にも、真摯に答えたいと思いました。

私が文司郎の母として、今回のテロでの被害者の一人として、マスコミに対応したことから、早くから文司郎の名前は新聞やテレビで伝えられるようになりました。その経緯は知りませんが、政府としても一時期被害者の名前を発表していませんでしたが、こうした状況もあってか、一月二十五日になって、人質事件で亡くなった方々として、十名の名前を公表しています。

このように内藤文司郎の名前が新聞などに載ったことで、息子と関わりのあった人たちがその死を知り、葬儀に駆けつけてくれたことは、それなりの意義もあったと思います。最後の別れを文司郎と縁のある多くの人たちとできたことは、最低限、文司郎にやってあげられる最後の親の務めだったと感じています。

いろいろな考えがあるので、それを他人に押し付けようとは思いませんが、私はそのように考えて、マスコミの方々とも接してきました。

覆いかぶさる悲しみに

通夜、告別式と、事件が起きてからしばらくは、慌ただしく時が過ぎていきました。本当なら、我が子にしてもらうはずだった葬儀を、親が子のためにするのは、本当に辛いものです。それでも多くの人たちに支えられて、どうにか葬儀とその後の儀式を滞りなく終えることができました。その後も、日々はせわしなく続き、文司郎の仕事関係の方や中高時代の友人たちが、お線香をあげに来てくれたり、手紙を書いてくれたりしました。毎日、文司郎のことを考えながらも、人と会い、会話をすることで、なんとか気を紛らわすこともできました。

文司郎がずっと過ごしていた部屋は、ほとんど整理することもなく、そのままにしてあります。もしかしたら、ちょっと旅に出ていた彼が、ふらりと戻ってきてくれるかもしれない。そう考えてしまい、片付けをする手も止まってしまうのです。部屋を私の手で片付けるのは、文司郎に申し訳ないような気がして、できませんでした。

文司郎の死を理解するのではなく、今はまだここにある時間を受け止めるだけで精一杯、というのが本音でした。それでも部屋の片隅には真新しい仏壇が置かれ、文司郎の写真が飾られ、文司郎の部屋が仏間におさまりました。文司郎がもう帰ってこないことをそっと私に教えます。

遺された者の務めとして、しっかりとやるべきことだけはやらなくては……。その思いだけで四十九日を迎えることができました。

四十九日の法要には、以前の職場の同僚や、中学時代の同級生などがたくさんの花を手向けてくれました。たくさんの花に囲まれた文司郎の遺影を見つめながら、私は考えます。どうして文司郎は死ななければならなかったのか……。でもその答えは出ません。それでも毎日、息子の写真を見つめていると、やはり〝なぜ〟という疑問が浮かび上がってきてしまうのです。

四十九日の法要を終えると、私は緊張の糸が切れたように、日々を過ごすようになってしまいました。告別式が終わった日の夜に見た夢の、文司郎の悲しそうな顔が頭にこびりついて忘れられず、私を待っているのだと思えてなりませんでした。

そんなある日、私の苦しみに追い打ちをかけるような出来事がありました。

文司郎の四十九日が終わってしばらくした頃、日揮の方がある書類をもってやってきました。説明を聞くと、それは示談のための書類だということです。

「ここに、サインをお願いします」

日揮の担当者の方に言われました。その書類に目を通してみましたが、書類にある責任者の名前が、日揮の社長ではなく、係長であることに気づきました。私は、それは不自然なことではないかと感じました。先方は私がその場でサインをすることを求めました。

でも私は、「しばらく預からせてください」と言って、いったん帰っていただきました。

私はどうしても書類にサインをする気持ちになれず、そのままにしていると、しばらくしてまた日揮の方が訪れました。

私は心の引っかかりがどうしても拭えずに「どうして社長の名前ではないのか」と尋ねました。

「正社員ではないから」と、その人は理由を言いました。

私は、腹立たしさでいっぱいになりました。

「同じ命なのに差をつけるの？」と、私は思わず言葉を返していました。

文司郎が派遣社員だからといって、扱いを別にする意味はあるのでしょうか。会社や担当者の方にとっては、仕事上の事情がいろいろとあると思います。だからと言って、それは、私の気持ちが収まるか、収まらないかにはつながっていかないのです。結局その日も、サインはせずに帰っていただきました。

それから半年後、私は責任者の名前が社長に変わった書類にサインをしました。

それでもどこか腑《ふ》に落ちないところのある私は、この日のことを書いて、文司郎の仏壇にしまいました。文司郎は私に何と言うでしょうか。文司郎と話がしたいと思いました。

母を連れていけ

生きていても、頭に浮かぶのは文司郎のことだけ。そしてあの子が銃に撃たれて一瞬で命が奪われたことを考えると、心臓をギュッと摑《つか》まれたような苦しさが襲います。朝、目が覚めるとそのことを思い出し、一日中、文司郎のことが頭から離れません。毎日毎日が地獄のようでした。

もうだめだ。生きていても辛いだけ。天国で文司郎が待っている。そちらに行ってしまおう。

ある夜、私は決意をして外に出ました。近くには東海道線が走っている線路があります。そこに飛び込めば、きっと文司郎のところに行けるはず。線路の脇に立ち、電車が近づいてくるのを待ちました。しばらくすると、遠くから微かな電車が走る音が聞こえ、明るいライトが見えてきました。

「今だ！」

そう心で叫びましたが、足が固まって動きません。体ごと線路に飛び込もうとしましたが、死にたいと思う同じ心が、恐怖に怯えて私の体を引き留めようとします。目の前を、ガタガタと大きな音を立てて電車が通り過ぎていってしまいました。

私はしばらくそのまま線路脇に立っていましたが、仕方なくトボトボと家へと戻りました。その後も二回ほど、同じように意を決して線路の脇に立ちましたが、思いを叶えることができませんでした。

しかし数日経つとまた、死にたいという衝動が湧き、それを抑えきることができず、深夜、一人で台所にいたとき、ガス栓をひねりました。でもやはり怖くなって、慌ててガス栓を締める私がいました。

ああ、私はなんて欲が深いのか。文司郎がいなくて悲しい、死にたいと思っているのに、いざとなると自分だけが生きようとしている。その欲深さを消したいのにどうしてもできない。どうしたら文司郎のところに行けるのかと、もがき苦しむ毎日でした。

それでも私は毎日ご飯を食べ、夫の世話をして生きている。それが自分でも不思議で仕方ありませんでした。ただ、もし自分が死んだら、遺された夫はどうなるのだろう。もう一人の息子は、孫たちは……。大事な人に死なれることの辛さを知るもう一人の私が、死にたいと思う私をこの世に残れと引き止めます。

こうした葛藤に苛まれながら真っ暗なトンネルの中を、この先に出口があるかもわからずに、歩き続けている。そんな感覚の中で、死ぬことができない者は、生きるしかありません。中身のない空虚な体で、ただただ生きて、時間だけが過ぎていきました。

一周忌

その年の夏、私の元に一通の手紙が届きました。

絵を通して長年交流のあった画家の近藤文雄《こんどうふみお》さんからのものでした。事件が起こったとき、テレビに映し出された私の姿を見て、息子が事件に巻き込まれて亡くなったことを知ったといいます。

近藤さんはこの悲劇への憤りを、私に代わって表現しなければと、毎晩遅くまでキャンバスに向かい、五枚の作品を描きあげたとのことです。その絵をポストカードにして、送っていただきました。

　テロによって破壊された建物に横たわる文司郎の顔が、母の無念を伝えています。私は今でも絵を描く気持ちにはなれませんが、私の心をそのまま映し出したような、暗く、悲しく、そして憤りを伝えるものでした。テロという卑劣な行為を糾弾する、そんな思いを込めて描かれた近藤さんの魂がこもった作品でした。

　その夏、作品は上野の東京都美術館ギャラリーに展示されました。この絵を多くの人が見て、テロという許しがたい行為によって命を落とした者たちの無念、残された家族の苦しみに想いを寄せてくれればと思いました。

　夏を過ぎると、まもなく一周忌を迎えます。遺族として、やるべきことはやらなけ

近藤文雄さん「つらをさがす」より

ればならないと、重い体と心を引きずりながら、その準備を進めました。葬儀後は、文司郎の遺骨を仏壇の前に供えていましたが、一周忌を機に、納骨をすることを決めました。お墓の土地は文司郎が生まれたばかりのときに購入したあの場所です。本来は私たち夫婦が入って、文司郎たちに守ってもらうはずだった墓は、まだ更地のままでした。

墓石を建てるため、二郎と共に石材店に足を運びましたが、どれもなんとなく冷たい感じがして、なかなか二人の気に入る石が見つけられない中で、一つだけちょっと異なる材質の石が目に留まりました。

「これはどんな石ですか」

石材店の人に尋ねました。

「これは石というよりも化石です。貝殻などが集まって長い時間をかけて石となったものなんです。とても珍しいでしょう。ノルウェーから運ばれてきたものです」

石材店の方が説明してくれました。確かに表面が少しキラキラしていて、無機質な感じではなく何か温かみを感じる石でした。それに、ノルウェーの石と聞き、文司郎が亡くなったアルジェリアのテロ事件ではノルウェーの方も被害に遭われていたことをふと思い出しました。

「何か縁を感じるねぇ。きっと文司郎も喜ぶんじゃないかしら」

二郎とそう話し、この石で内藤家の墓石を作ってもらうことに決めました。

一周忌にはできたばかりのお墓に文司郎の遺骨を納骨しました。ありがたいことに、学生時代の友人たちも集まってくれて、一緒に墓前に手を合わせてくれました。

やっと一年、まだ一年。少しも悲しみは癒えていませんでしたが、それでも時は流れていくのだと知りました。

真実を知りたい

文司郎を失ってから、私は冬の季節が苦手になりました。十月になって文司郎がこの家からアルジェリアに向かった日が近くなると、最後の別れはこの時期だった思い、体調が思わしくなくなります。体に鉛のようなものが詰め込まれたようで、何もする気が起こらなくなるのです。そして十二月、一月と、あの日が近づくと心が塞ぎ、寝込む日が多くなってしまいます。突然に発作のようなものを起こして、救急車で運ばれる事態になったことも何度かありました。

周りの友人なども心配をしてくれましたが、他人が何かをしてくれることで救われることはなく、自分自身が救いの手を差し伸べなければどうすることもできない。そのためにはやはり時間というものが必要でした。

時間とはそういうものなのだと思いました。意識しても意識しなくても、幸せでも幸せでなくても、時間は人に共通に流れていくものです。そしてやはりいつか、時間は人の心の傷を少しずつ癒やしてくれるものなのでしょう。

事件が起こってから二年後、三回忌の頃になってようやく、私はなんとか内側に向いていた心を、少しだけ外側に向けることができるようになりました。

海外で起こったテロ事件。原因には、その国の長い歴史や宗教、民族の対立などが複雑に絡まっていて、私など専門の知識をもたないものが理解することは難しいでしょう。それに、その背景を知ることができたとしても、それが私の望んでいる答えではないのです。

息子の死が、腑に落ちるなどということはあり得ないのです。ただ、この事件に関して、息子が死亡した経緯など、事件の様相が遺族にはほとんど知らされていないことが、私の「わからない」という思いをさらに大きくしているのです。

この事件がどのようにして起きて、どんな状況になり、なぜ文司郎たちの命が守りきれなかったかが知りたいと私は思います。そして今後、このようなことが起きないためにはどうしたらいいか、それを知りたいのです。事件が起こり、自分の息子が命を落とした。それなのに事件の全容というのがほとんどわかりません。日揮からも、国からも、事件に関して詳しい説明はないのです。

他国で起こった事件、そして巻き込まれた何カ国もの国々が、人命救助を最優先にしてほしいと訴えたにもかかわらず、アルジェリア政府は軍による強行突入で犯人を制圧するという強硬手段を取った事件。情報が伝えられないのは、そうした背景もあるのでしょうか。

この事件がどのようにして起こったか、なぜこれほど多くの人たちが命を落とさなければならなかったのか。それが解明できないかぎり、また再び同じような事件が起こり、私たちのような辛い思いをする家族が生まれてしまうのではないでしょうか。

文司郎は、自分たち日本人の技術が世界に求められている、世界の人々の役に立ちたいと、あえて日本を飛び出していきました。私たちの世代と違って、また文司郎たちが生きてきた時代とも違って、これからはさらに世界のさまざまな地域に、多くの日本人の若者たちが出ていき、活躍をしてくれる時代が来るでしょう。

こうした事件が起こったからといって、これからの若者たちが萎縮して世界に出ることに二の足を踏むようになってほしくはありません。そのためにも、事件の背景を知り、安全に日本人が海外で働くためには何が必要なのか、何が大切なのかを考えるべきではないでしょうか。

私は文司郎の死を無駄にしたくありません。だからこそ、事件の真相が知りたいと考えています。

息子の最期の場所に立ちたい

文司郎の元に早く行きたいという思いに囚われていた時間から、少しずつ思いを変えて、遺された家族として自分にできることは何かを考えるようになりました。時間の経過の中で、文司郎の最期の場所へ行きたいという思いが次第に強くなっていきました。

事件の起こった年の十月に、やっと文司郎がアルジェリアにもっていったスーツケースなどの荷物が私たちの元に届けられました。文司郎がもっていった衣類や日用品などの懐かしい品々です。

しかし同じようにもっていったはずのパソコンやカメラ、携帯電話はありませんでした。文司郎は海外に行くときは必ずパソコンとカメラをもっていっていました。派遣会社の人とも、事件の直前までメールのやり取りをしていたと聞いています。必ずあるはずだと、届けてくれた警察の方に問い合わせましたが、「見つかりませんでした」と言われて終わりでした。

息子が身につけていた洋服や日用品からは、懐かしい彼のぬくもりを感じることができました。でも、文司郎がアルジェリアの地で何を見て、何を感じたのか。それを知れる貴重な材料が、パソコンやカメラ、携帯電話ではないでしょうか。それらを戻してほしいと心から思いましたが、私がどんなに望んだところで、取り返すことはできませんでした。

そんな中で文司郎の最期の地を訪れることが、親としての私の務めのような気がしたのです。そして自分の生きる目標にもなりました。

文司郎が亡くなったのは、従業員たちが集まる食堂の前だったと聞いています。その場所に立ち、その瞬間、あの子がどのような思いをしたのか、それを少しでも感じることができれば、母として息子の痛みを分かつことができるのではないか。もしかしたら文司郎の魂は、まだその地に残されているのではないか。その地に立ち、この目で見ることで、文司郎を亡くしても生き続けるための、覚悟を得られるのではないかと感じるようになりました。

ただ、この希望を果たすためには、日揮の協力が必要です。

事件の起こったイナメナスの天然ガスプラントは、テロによって大きな被害を受けたものの、その後に建設工事を再開しています。日揮も引き続き、工事に参加していると聞いていました。この施設に入るために、日揮が遺族の思いを汲んで、なぜ現地への訪問の手はずを整えてくれることがないのか。その責任があるのではないかと考えていました。

日揮の担当者には、その要望を事あるごとに伝えました。

「お連れしたいと考えています」

当初はそうした答えをいただいていたので、いつかは叶うものと考えていました。しかしいくら待っても、具体的な話はありません。日揮の担当者から連絡があるたびに、繰り返し私が頼むと、ついにこんな返事が来ました。

「息子さんが亡くなった建物は、もう取り壊されていて、ありません。現地に行かれても、その場所に立つことは難しいでしょう」

それでもどうしても現地に足を運びたいと私は粘り強く伝えました。

しかし「わかりました」「検討しています」「お気持ちは十分理解しています」といった返答はあるものの、それ以上に具体的な話が進むことはありませんでした。

イナメナスは遥か遠く

大事な家族を失ったのに、どうしてその現場にさえ行くことができないのだろう。

私は深く傷つきました。しかし今、七十歳を過ぎた私には、一般的に観光地として訪れる場所でもなく、ツアー旅行もない海外の一都市に自分の力で行くことができません。生きる目標を見つけてみたものの、逆に悶々としなければならない日々を過ごすことになってしまいました。

そんな中で手を差し伸べてくれたのが、文司郎の中学、高校時代の同級生だった河辺智弘さんでした。葬儀や四十九日だけでなく、一周忌の際にもお墓参りに来てくれて、今でも文司郎の友人としてとても温かく寄り添ってくれている人物です。私の元にもよく電話を入れてくれ、体調などを案じてくれました。

河辺さんはテレビ関係の仕事をしていて、アフリカにも何度か足を運んだことがあるそうです。国際経験も豊富で、語学も堪能であったことから、私がイナメナスに行きたいという思いを伝えると、すぐに行動に移してくれました。

私には思いもつかなかったのですが、彼はアルジェリアの大使館に連絡を取って、同国で起こったテロ事件の遺族が現地を訪問したいと言っていると伝えてくれました。するとその遺族の方に一度お会いしたいので、大使館のほうへ足を運んでほしいと依頼されたというのです。

東京・目黒《めぐろ》区にあるアルジェリア大使館を、私は河辺さんと二人で訪ねました。日本国内ではありましたが、これで少しだけでも文司郎の居場所に近づいたような気がして、さあもうひと踏ん張りと背中を押されているようで、嬉しくも感じました。

日本人にとって、アルジェリアという国はけっして身近な国ではないと思います。アルジェリアにはいくつかの世界遺産があるとのことですが、やはり安全性の側面から、日本人の観光客が訪れることは少ない場所のようです。

私はアルジェリアという国に対して、当初は激しい憤りをもっていましたが、今となってはそれさえも薄れ、とにかく命を懸けてでも文司郎の最期の場所に行きたいという思いだけが強くありました。

どのような対応をされるのかと不安ながらに訪れた大使館では、驚いたことに大使自らが私たちを迎え、面談してくれました。

「ご遺族の方にはお悔やみ申し上げます。大変申し訳なく思います」

大使から直接、事件に対するお詫びの言葉もいただきました。

また私たちの意向を聞いて、

「ぜひ、アルジェリアにいらしてください。私たちは全面的にご協力します」

とおっしゃっていただきました。

参事官は面談の後、わざわざ玄関まで見送ってくださいました。

「アルジェリアにはお父様も行かれますか？」

別れ際には、こう尋ねられましたので、

「体調があまり良くなく、長旅は難しいので、私と次男で行こうと思います」と私は答えました。

「そうですか。では、お父様にも、あなたが見たとおりのことをお伝えください」

参事官の方は、河辺さんと今後のやり取りなども話し合ってくれ、その日は別れました。

これでやっと私の思いが叶うと、帰りの新幹線では、安堵の思いを大きくしました。

ところがそれから、待っても待ってもなかなか連絡が来ません。何度か河辺さんが電話で問い合わせをしてくれましたが、状況がわからないまま、また時間が経ってしまいました。

それからしばらくして、やっと大使館から連絡が来たと、河辺さんから電話がありました。

「本国で要望が受け入れられたそうです。日程など詳細は、まだこれからです」

そう言われましたが、私はやっと夢が叶うと心が躍りました。しかし私の明るい声に不安を感じられたのかもしれません。

「まだ安心しないでくださいね」と、河辺さんに優しく言われてしまいました。

河辺さんの不安は的中してしまいました。それから一年ほども、何も進展しないままに月日が流れてしまい、やっと来た連絡は、私たちが待ち望んでいた内容ではありませんでした。

「アルジェリアにいらっしゃるのは問題ありません。しかしイナメナスの施設訪問に際しては、日揮の了解をもらってください」

それがアルジェリア大使館からの最終回答でした。

開きかけた扉が、また閉ざされてしまいました。私は再び日揮に経緯を説明し、アルジェリア大使館に了解を取ってもらうよう交渉しましたが、明確な返事をもらうことはできません。

それでも、私が繰り返しお願いすると、「連れていきます。遺族の方々をお連れしたいと考えています」とは言ってくださるのですが、ではそれがいつになるかと尋ねると、「いつになるかはわかりません」という回答しか得られないのです。

文司郎が亡くなってから、すでに五年の歳月が過ぎようとしていました。私も外国まで出かけていく体力がいつまであるかわかりません。〝いつか〟という言葉には、果てしなく先の未来のようで、年老いた身にとっては、永遠に行けないようにも聞こえてしまいます。

無理をすれば、アルジェリアという国には行くことができるでしょう。しかし首都のアルジェから再び飛行機に乗ってサハラ砂漠にまで行き、そこからさらに車で移動しなければプラントのある現場までは辿り着けません。現地に辿り着いても、簡単に中に入ることもできないでしょう。

その後河辺さんから、現地の人と話をし、被害者の人たちを偲《しの》ぶ碑が建てられているのだと教えてもらい、その写真も見せてもらいました。しかしその場所に私たち遺族が立つことはできません。本当に悔しく、悲しくなります。

二〇一七（平成二十九）年六月、日揮から私の元に一通の手紙が届きました。社長の名前で、「イナメナスの天然ガス処理設備が無事に完成し、現地お客様への引き渡しが実施された」との報告でした。合わせて設備の完成写真と、現地の砂が添えられていました。

永平寺にて

その年、私は次男の二郎の息子、小学校六年生になった孫を連れて、福井県の永平寺《えいへいじ》に行きました。

内藤家の菩提寺が曹洞宗で、その大本山にあたるのが永平寺だからです。私は文司郎の葬儀の際に遺骨を分骨し、いつか永平寺に納めたいと考えていました。分骨された遺骨は小さな骨壺《こつつぼ》に入れてずっと文司郎の仏壇に置かれていましたが、そろそろ納めてやりたいと思って、永平寺行きを決意したのです。

「おじさんのお骨を、大きなお寺に納めに行くよ」

孫たちに話すと一番上の孫が一緒に行きたいと言ってくれて、道連れができました。

永平寺にはこれまで何度か足を運んでいます。最後に訪れたのは十年以上前でしょうか。文司郎がまだ日本にいて、ちょうど福井の現場で働いていたときです。旅行がてら夫婦で文司郎を訪ねると、休みが取れたからと車で近くの温泉に連れていってくれました。そのときに永平寺にも立ち寄ったのです。

あのときは三人で、永平寺の山門をくぐり、お寺を見学させてもらいました。足腰が弱っていた父親に、転ばないようにと足元を気遣いながら、年寄りの歩調に合わせてゆっくり歩いてくれました。

なのに……、今はその文司郎がこんなに小さな壺の中に収まってしまっていることが、とても信じがたく思われます。

樹齢何百年という老杉の大木が鬱蒼《うっそう》と茂り、静謐《せいひつ》という言葉がふさわしい研ぎ澄まされた空気の中を、私は孫と共に一段一段石畳を上りました。

「足元に気をつけて」という息子の声はありませんが、孫の小さな手が私の手をギュッと握り、その温かさに生きている自分と、つながる命を感じました。

本殿に上がり、僧侶から読経をしていただき、無事に文司郎の遺骨を納めることができました。これでまた一つ、親としての役割を終えることができました。

永平寺を後にしながら、私は再びここに来ることができるだろうかと考えました。年を重ねるごとに、遠出をすることも億劫《おっくう》になってしまうかもしれません。それでも必ずいつか、私はここに来ることができます。それは次男の二郎の手によってか、または孫たちの手によるのかもしれません。でもきっといつか、また一緒にここで、文司郎の魂と重なることができることに、今はやすらぎを感じます。

息子を待たせるのは本意ではないけれど、優しい息子はきっと「慌てないでいいからね」と思ってくれているのではないでしょうか。

もう二度と……

息子の死の責任は、誰にあるのか――。

息子を銃で撃ったテロリストなのか。このテロを主導したテロリストの首謀者なのか。こうした事件が起こることを予測して、安全を管理できなかった社員を雇用した企業なのか。危険な外国で働くと言った息子を止められなかった母親なのか。

私にはまだはっきりとした、真実を見つけることはできません。

何年か前に、神奈川県警の担当者が訪ねてこられて、事件後の調査の経過を報告してくれたことがありました。天然ガスプラント施設を襲った多くのテロリストたちはその場で殺害されましたが、首謀者と見られる男はまだ逃走していて、捕まっていないのだそうです。

「彼が捕まったら、どのような刑に処したいですか。遺族としての思いを聞かせてください」

そう尋ねられて、私は少し悩んでから答えました。

「大事な家族を失った遺族としては、罪もない人々を残虐に殺害した犯人は、死刑にしてほしいというのが正直な思いです。そしてもし、生まれ変わるのなら、そのときは人を殺めることのない、平和な国で生きてほしい」

私はそのとき、かつて文司郎が言っていた言葉を思い出していました。

「あんなにキラキラした目をした子どもたちが、どうして銃をもつ大人になってしまうのだろう」

残虐なテロリストたちも、最初からそうであったはずはないのです。育った環境、貧しさ、抑圧、さまざまな要因が重なって、人は悪意を心の中に増殖させていく。文司郎はそれを、平和な日本で暮らす私たちよりも、きっと深く理解していたのではないでしょうか。

「広い世界を見ておいで」

海外に旅立つ息子に私はそう言いました。彼は確かに多くのことを学んできたでしょう。しかしその経験を十分に生かすことなく、道半ばにして命を絶たれてしまったのです。それが口惜しくてなりません。

日揮という企業に対しては、アルジェリアという土地の特性と、そこで働く人々の安全に対して、もっと手を尽くせなかったかという思いはあります。文司郎は現地に着いたときに、大きな不安を感じていました。警備の体制は万全であったのか。避難に際しての行動に対して、しっかりとした指導や訓練はあったのか。結果論になってしまいますが、それが十分でなかったから、こうした悲劇は起こってしまったのでしょう。

それでも事件が起こって以降、日揮の方々にはとても誠意ある対応をしていただいたことは感謝しています。命日には花を送ってくださり、年に数回は担当者の方が私どものところに足を運んで、様子などを聞いてくださいます。企業としてできることは、十分にしていただいていると感じています。

ただ、イナメナスの文司郎の最期の場所へ連れていってほしいという遺族の思いは、深く、強いのです。その思いに応えていただきたいという願いだけは叶えてほしいと思います。

また、文司郎が所属していた派遣会社の社長さんにも、大変多くの心遣いをしていただきました。羽田空港へ迎えに行ったあの日、「助けられずに申し訳ない」と頭を下げていただいた思いは、その後も変わらず、葬儀、一周忌、三回忌にも足を運んでくださり、温かな声をかけてくださいました。日揮同様、今も海外に日本人が出ていく仕事に携われているのだと聞いています。

国際社会において、日本では予測できないような危険と隣り合わせにして、日本の企業はあるという現実は今も変わりはありません。日揮やこうした事業に取り組む企業に対して望むのは、二度とこのような悲劇を起こさないよう、これから世界に出ていく若者たちのためにも、企業としての責任を十分に果たしてほしいということです。

おわりに

文司郎が亡くなり、ポッカリと空いた心の穴は、いくら時間が経っても埋めようはありません。それでも日々は流れ、まもなく文司郎の七回忌を迎えることとなります。

今も世界では、人々を震撼させるテロ事件が起こり、多くの罪もない命が失われています。失われた命の分だけ、その人を愛していた家族や友人のたくさんの悲しみと絶望も、さざなみのように広がっているのです。

こうした人々がこれからの世の中に一人でも増えないように、そんな辛い社会が、どうか一日でも早くなくなってくれることを、当事者の一人として望まずにはいられません。

私はこの六年間をずっと闇の中をもがくようにして日々を過ごしてきました。そうした中で死を求めながらも死にきれなかった私は、これからを生きることの意味を見つけなければなりませんでした。この本を書くきっかけは、こうした思いを文字にすることで自分の心の中を整理したいという気持ちでした。

文司郎の成長を見守り、我が子と共に過ごした時間。事件を知ったあの日……、頭が混乱する中で東京まで文司郎を迎えに行ったとき……、残された日々の中で私が苦しみ続けたこと。そして「文司郎がなぜ死んだのか」という疑問。そのすべてに向き合いながら、結局は今ある自分を生き続けるしかないのだと感じています。

文司郎が生前、まだ家族で共に暮らしていた頃、私が屋久島《やくしま》に行こうか迷っていたときに、「思い立ったら行ったらいいじゃないか」と言って、トレッキング用の靴と帽子を買ってくれました。そのときに一度使っただけの靴も帽子も、まだ私の部屋に残っています。

「やりたいことがあればやればいい」。私自身がいつも文司郎に言っていた言葉を、同じように言って背中を押してくれた息子のために、私はもう一度、何かを見つけて歩きださなければならないのかもしれません。

この本が完成し、文司郎の七回忌が終わったときに、見えてくるものがあるでしょうか。子を失う苦しみと共に歩んできた六年間。それでも生きて、生きて、お母さんは頑張ったよ、と言える日までもう少しここに踏みとどまっていようと思います。

最後に、辛く悲しい時間の中で、私を支えてくれた多くの方々に感謝します。

文司郎の友人たちは、今も変わらず仲間を慕って命日にはお墓参りをしてくれます。遺された老身の親にも、優しい言葉をかけてくれます。文司郎が残してくれた絆《きずな》と、感謝しています。

なかでも地元の友人だった河辺智弘さんは、私が文司郎の最期の地に立ちたいという思いを受け止めてくれ、多忙な中で時間を割いて、私にはできないアルジェリア大使館や現地の人たちとの交渉に奮闘してくれました。今回、この本を出版するにあたり、その体験を綴った原稿も寄せていただきました。その温かな心遣いに感謝いたします。

体力的には弱まった夫も、共に生きることで頑張る支えとなっています。兄を失ってしまった二郎とその家族は、「兄さんの代わりにはなれないけれど」と言いながら、高齢の親たちに気を配ってくれています。

悲嘆に暮れる私を見守り続けてくれた友人たちにもたくさんたくさん支えてもらいました。ありがとう。

私の絵の仲間で、幼い頃からの文司郎を知る近藤文雄さんは、事件に心を痛め、その憤りと、この事件を忘れてはいけないとの思いで筆をとり、「アルジェリア人質事件」をテーマとする絵を描いてくれました。燃え盛る炎、文司郎をはじめとする被害にあわれた人々、その無念の思いが伝わる素晴らしい絵です。今回、その絵を表紙にも使わせていただきました。感謝しています。

事件が風化することは、また同様の悲劇を引き起こしてしまうことでもあります。この本を通して、内藤文司郎というひとりの男の四十四年間の人生と、失われた命の理由を共に考え、文司郎の生きた時間、確かな足跡を、心に残していただければ幸いです。

内藤さよ子

本著に寄せて

河辺智弘

アルジェリアの事件のニュースを初めてテレビで見たとき、自分にとってはいつも世界のどこかで起きているテロ事件の一つでしかなかった。ニュースに触れて憤りや悲しさを感じはするものの、「世の中、なかなか平和にはならないな」と漠然と思うだけで、やがては何事もなかったかのように日常に戻る。そういう事件でしかなかった。

ところが、しばらくしてあるテレビ局から電話がかかってきて、「内藤文司郎さんをご存じですか？　同級生の方ですよね。お話を聞かせていただけませんか？」などと言う。

名前を聞いて、すぐに思い出した。文ちゃんのことじゃないか。同時に、視界が狭まるような感覚を覚えて、その場に文字通り座り込んでしまった。それまで遠い世界の他人事だと思っていたのに、いきなり腹を殴られたようだ。内藤文司郎君とは同じ中学校、高校で過ごし、中学三年生のときは同じクラスだった。高校卒業後、離れ離れになっていたが、文司郎なんて滅多にない渋い名前だったし、とても印象深い友だちだったので、よく覚えていた。

テレビ局からの電話を切ったあと、衝動的に中学校の卒業アルバムを探し出して、すぐに文司郎君の実家に電話した。頭の中には「本当なのかよ。確かめなきゃ」ということしかなかった。電話に出たのはお母さんだった。よく考えたら、同級生だった当時でも彼の家に電話をしたことはなかったし、お母さんとも面識はなかったので、簡単に自己紹介して、「文司郎君がアルジェリアの事件に巻き込まれていると聞いたんですが、本当でしょうか」と、尋ねた。

おそらくたくさんの電話がかかってきているだろうし、同級生だったとはいっても、お母さんは私のことは知らない。電話の向こうで、お母さんの「文司郎が何をしたというんですか。なぜ死ななければいけないんですか」という声が響く。それは叫び声ではなかったけれども、悲痛と憤りの塊となって、胸に突き刺さった。同時に、こんな、思慮を欠いた、何の役にも立たない野次馬のような電話を衝動的にかけてしまったことを後悔し、「俺は本当に馬鹿だ」と胸が重苦しくなった。どんな言葉でその電話を終えたのか、思い出せない。ただ「つい、こんな電話をかけてしまって申し訳ありませんでした」と謝ったことは覚えている。

私自身、アフリカには八年近く住んでいたことがあり、危険な状況も多少経験している。現在も仕事で行く機会がよくある。意外にも、何十年も交流が途絶えていた懐かしい級友との間に、そんな共通項があったことは嬉しかったが、それをこのような形で知るとは。そして、あのときに電話の向こうから聞こえてきたお母さんの声。もう、全く、他人事ではなくなっていた。

葬儀の後にも、何度も文司郎君の実家に足を運ばせてもらった。息子の死にショックを受け、憔悴《しょうすい》する文司郎君のお母さんに、少しでも何か力になれればという思いがあったからだ。そんな中で、お母さんから「文司郎が亡くなった場所に行きたい」という相談を受けた。

それから私は一年半あまり、お母さんの願いを叶えてあげたいと奔走した。しかし結局、今もその願いを実現させてあげることはできていない。

そして今回、お母さんから文司郎君との四十四年間を本にまとめるとの話をうかがった。その中でアルジェリア大使館との交渉の経緯についても伝えたいと相談をされたのが、この文章を書くきっかけとなった。

国や政府、企業がそれぞれの立場を守る中で、いかに個というのは弱く小さなものなのか。それを嫌というほど感じることにもなった。お母さんと共にその壁を打ち破ろうと行動したその経験を、私自身の視点から綴ろうと思う。

愛する我が子を失った苦しみの中で、その最期の場所に立ちたいという母親の思いさえかなわない無常。その現実を多くの人に知ってもらいたいと思う。

二〇一三（平成二十五）年一月の事件のあと、お母さんは、アルジェリアのプラントに行って文司郎君の魂を家に連れ戻したい、と言っていた。当初は日揮が遺族の方々を連れていくと言っていたものの、実際のところはなかなか実現の見通しは立っていなかった。

事件の後、三年が過ぎようとしていた時期だった。事件の翌年の九月には襲撃されたプラントの工事は再稼働していたので、その操業のための人の行き来がすでにあったはずだった。それでも治安状況が悪いということで、遺族の訪問はできないままだった。

息子が、自分が行ったこともない遠い異国の、辺境の砂漠で命を落とした。笑顔で別れた息子が、冷たく、物も言わず、微動だにせず、木箱の中に収まって帰ってきた。通夜と葬儀を行い、茶毘《だび》に付しても、どうしても何かが足りない。心の奥に、埋めることのできない穴が空いたまま、無愛想に時は流れていく。

私はその喪失感を想像でしか察することはできないが、それでも自分が同じ状況に置かれたら、やはり息子が命を落としたその現場に行きたいし、行かなければ気が済まないだろう。何かできることがあるかもしれない。そう思った。

さて、どこから始めるか。まずアルジェリア大使館に相談することが最善だろうと考えた。イナメナスのプラントは、アルジェリア政府所有のソナトラック社とノルウェーのスタットオイル社（二〇一八年にエクイノールに改称）、そしてイギリスのBP社の共同プロジェクトであり、事件当時にも政府軍が警備にあたり、また、事件発生後のテロリストの制圧にも当然のことながら政府軍が対応した。言うまでもなく、アルジェリア政府が大きく関わっている場所だった。また、この事件に対して政府は断固とした強硬姿勢で臨むことを余儀なくされたが、その軍事作戦の中で人質となった多くの人々が亡くなったことについて国際的な非難の声もあった。その経緯を踏まえると、遺族が現場を訪れたいという希望を伝えれば、アルジェリア政府としては犠牲者への追悼の意と、遺族への配慮を示す好機として考えてくれるのではないか、と思った。

それは政治的動機からかもしれないし、純粋に慈しみの気持ちからそのように考えてくれるかもしれないが、それはどちらでもいいことだった。また、遺族の現場訪問を受け入れることで、プラントが安全に稼働していることを示し、テロリストの脅威を打ち払って安全を確保する実力を有していることを誇示することもできるのではないか、とも想像した。

しかし、その一方で、それは私の楽観的な推測に過ぎず、政府としてはむしろそんなことよりも、面倒を避けたいがゆえに断るかもしれない、ということも思った。遺族をプラントに連れていくとなれば、確実な安全確保が絶対条件になる。事件の犠牲となった関係者が、何らかのかたちで危険な状況に陥るようなことがあれば、国家の威信に傷がつく。

ともあれ、まずはあたってみることだ。アルジェリア大使に手紙を送ることにした。メールではスクリーン上に文字が現れるだけで、クリックひとつで消されてしまう。手紙なら手にとって読んでもらうことで、その重みが少しでも伝わる。文房具店で良質の白い便箋《びんせん》とベージュの封筒を買った。大使宛に、アルジェリア政府への謝意と敬意を述べ、プラントへの訪問を希望することと、旅費など一切の費用は自分で賄うこと、しかし実現には政府の協力が必要であるため、相談させて頂きたいといったことを簡潔に書いて、郵送した。

一週間待ったが返事がなかったので、メールで問い合わせたところ、すぐに返事がきて、翌々日に目黒のアルジェリア大使館で大使に直接会えることになった。

楽観的な見通しを持つ一方で、「それはできかねます」と、にべもなく冷淡に対応されることもありうると思い、あまり期待はしないようにしていたので、この返事を受け取ったときは嬉しかった。これで一歩前進だ。お母さんに電話で知らせると、やはり喜んでくれた。何か状況が変わっていくかもしれないという、唯一の兆しだったからだ。

翌々日の朝、お母さんと二人で新幹線に乗り込み、東京へ向かった。寒かったが、晴れていた。いつもそうだが、お母さんに会うと、いろいろなことについて話す。文司郎君の思い出を話すこともあるが、ごく普通の雑談のほうがずっと多い。だいたいお母さんが会話をリードするが、話題は豊富だ。世間を騒がしているニュースについてだったり、お母さんの美術の恩師のこと、旅先での出来事だったり、家族のこと、近所の昔話やゴシップみたいなことまで。聞いていると胸が痛くなるような話もある一方で、バリバリのキャリアウーマンを感じさせるような、さばさばと物事を明快に判断したり、意外に強い個性が垣間見えるときもあって、時間の経過を忘れて話しこんでしまうことがよくある。お母さんは衣服の小売店を経営していたことがあり、東京には仕入れによく来ていたとも聞いた。

東京に着いて、昼食をとったあと、大使館に向かった。目黒駅からタクシーに乗り、立派な家々が立ち並ぶ住宅街の中にある大使館に到着した。

さて、いよいよだな、と思いながら呼び鈴を押す。ドアが開き、職員が中に招き入れてくれた。薄暗いけれども、中堅ホテルの広いロビーを思わせる立派なホールになっていた。二階の応接ソファに案内され、座る。やがて大使と公使参事官が現れた。二人ともにこやかに対応してくれて、美味しいコーヒーとデーツの実でもてなしてくれた。

大使は真剣にお母さんの言葉に耳を傾け、できるだけの協力をすると言ってくれたし、いつ行きたいのか、とまで聞いてくれた。首都アルジェから、プラントに最も近いイナメナスの町までの飛行機の定期便についても一緒に調べてくれた。

もっと何か、難色を示されることも予想していたので、拍子抜けするほどだった。しかし、その一方で、まだ本国政府との連絡ができているわけではないことも知ったので、まだ喜ぶのは早いとも思った。

話を終え、大使館を出るときには、公使参事官がお母さんに向かって「あなたのことを、私のお母さんだと思って協力するつもりです」と声をかけてくれた。この言葉を聞いたとき、たとえこの先うまくいかないことがあっても、このような言葉をかけてくれたことは感謝したい、と思った。

帰りの新幹線の中で、まずはほっとして、隣に座ったお母さんと「なんとかなるかもしれませんね。まずは良かった」と安堵の言葉を交わした。大使が会ってくれたこと、そしてとても協力的な姿勢を示してくれたことに感謝した。しかしその一方、まだまだ、本当に行くためにはクリアにしていかなければならない点が多い。

●本国政府の了解が得られること
●その了解のもとに、政府にプラントの運営会社の了解も得てもらうこと
●イナメナスまで飛ぶにしても、定期便だけの利用ではイナメナスで数日間の宿泊を余儀なくされるため、何らかの形で特別便を手配すること
●イナメナスからさらにプラントのあるティガントゥリンまでは四十キロほど離れているが、陸路で移動することはまだ治安の問題上危険なので、プラントが利用している飛行機に乗せてもらえるように手配すること（事件後に、プラントのそばに滑走路が建設されていた）

といったことだ。とにかく、本国政府の了解が得られたら大きく変わるはずだ。ともあれ、一歩進んだことは確実だが、迂闊《うかつ》には喜べない。うまくいかなかったときのショックが大きくなるので、本当に行けるまでは、気持ちが前のめりにならないようにしなければならない。お母さんとも、「でも、まだまだですね」というような話はした。とはいえ、お母さんの表情は明るかった。

豊橋に戻り、一カ月以上が過ぎた。その間、状況を確認したくて連絡をしても「こちらから連

絡するので待っていてください」と言われるだけで、詳しい状況はまったくわからない。本国との連絡になぜこれほど時間がかかるのか。自分の仕事柄、アフリカを含めていろんな国々の人々や機関に連絡をとることがあるので、時間がかかることもあることは理解しているつもりだ。しかし本国のどこと連絡をとり、どこで話が止まっているのか、といったことがまったくわからず、やはりなかなか難しいなという感じを持った。

外務省の関係者である知人に相談してみた。日本の外務省として何かできる可能性がないか、聞いてみたかった。しかし外務省としては何もできないだろうということがわかった。

プラントのある地域は、外務省が公表している安全情報では「退避勧告」という警告が出されており、危険度が最高レベルにあると認識されている地域である。邦人保護を業務とする外務省は、そのような地域に人が行くのをやめるように説得するのが仕事なのである。その立場からすると、そこへの訪問に協力することはできないであろう、ということだった。退避勧告のことは承知していたが、確かにそれはそうだ。外務省としてはそうなんだろうな、と冷静に考えればごく当たり前の話に気が付かされた。

ちょうどそんなときに、参事官から「本国で要望が受け入れられました。いつ頃に行けるかなどの詳細はまだこれから。わかり次第連絡します」との連絡があった。

これは嬉しい知らせだった。すぐにお母さんに連絡した。それと同時に、「まだまだ安心しないでください」とも伝えた。まだ漠然としている細かいことを詰めていって、すべてが明らかになるまでは喜べない。もうこの頃には、大使館を訪問したときに感じたいくばくかの高揚感はすでに雲散霧消していたので、この程度では油断はしない。

そうこうしているうちに、私たちが大使館の協力を得てプラントに行こうとしているという状況が日揮に伝わった。すると、すぐに日揮の関係者が、お母さんと話すために豊橋に来るというので、私も呼ばれて行った。詳しい内容は書けないが、要するに日揮には「まだどうなるかわかりませんが、行けるようなら行かせてください」ということを伝えた。

後にわかったことだが、ちょうどこの頃、ＢＰ、スタットオイル、ソナトラックが操業している別のプラントがロケット弾による攻撃を受けたため、イナメナスを含むアルジェリアのプラントからスタッフを引きあげることを決定していた。

五月の半ばになった。プラントに行く訪問者のパスポートを送るように、との知らせを受けた。お母さん、文司郎君の弟の二郎君、そして自分のパスポートのコピーを送った。しかしその二日後に参事官から「プラントにおける諸々の事情からすぐには行けなくなった。しかし今年後半には行けるようにしたいと考えている」という知らせを受けた。

その後、大使館からの連絡はほとんどなくなってしまい、時間が過ぎていった。こちらから「どうでしょうか？」と打診しても返事が来ない日々だった。やがて、「九月頃に行けるように調整中です」との知らせももらったが、もうこの頃には嬉しさも湧き上がってこない。その後も何も進展がないまま時間は過ぎていった。

十一月になって参事官と電話で話した。

「日揮にこのことを話したのか。日揮は了解しているのか」という話だった。そろそろ雲行きが怪しくなってきた。

「日揮には知らせてあるので、担当者に確認してもらって結構です。そもそもこの訪問はできるだけ目立たないように行きたいと考えており、日揮に迷惑がかからないようにしたいと思っています」と伝えた。

しかし、その後の連絡はなく、こちらからの問い合わせにも返事は来ない。

やがて年が明け、二〇一七（平成二十九）年一月になった。結局何も動かないまま一年が過ぎたことになる。そんなとき、お母さんから電話があった。お母さんの知り合いが最近アルジェリア大使に会った。そのときに「お母さんのアルジェリア行きについては、日揮の了解が必要です」と聞いたのだそうだ。

なるほど、やはりそうなったか。そう思った。大使館にこのことの真偽を確かめるべく問い合わせたが、返事はない。そしてそのまま、今まで連絡はない。

お母さんと話した。一時は希望が見えたが、それもなくなった。しかし、大使館で大使や参事官がかけてくれた言葉は忘れていないし、その言葉に嘘はなかったのだろうと思う。

三月。難しいことは承知の上で、ノルウェーのスタットオイル社に連絡を入れた。広報担当者を通じて、事件後に現地に派遣された調査チームの幹部だった人に直接メールを送ることができた。

やがて返事が来て、「私も心を痛めております。訪問の件は、社内で検討しています。自分は担当ではないので、担当者からお返事するようにします」とのことだった。しかし、待っても返事はないので、またその幹部に連絡すると「私では何もできません。連絡を待ってください」と言うのみだった。

五月。どこかに協力してくれる人間がいるはずだと思い、その後、スタットオイル社のアルジェリア事務所にメールと手紙を送ったところ、数週間後に丁寧な返事がメールで来た。ただ、内容としては「安全管理上、他のパートナー会社や政府の許可がないと、個人をプラントにつれていくことはできないので、残念ながら受け付けることはできない」ということだった。

しかしそのメールには「もしご遺族のためになるのであればですけれども、こちらで、ジョイント・ベンチャーの責任者が、内藤文司郎さんの名前で献花のセレモニーを行うことはできますので、その様子を写真に納め、それを送ることはできます」と書かれており、現地のプラント内に設置された追悼碑の写真が添付されていた。

その追悼碑には犠牲となった方々の名前が刻まれており、多数の名前のなかにNAITO Bunshiroの名前があった。追悼碑の背景には赤い土と青い空、そして白い壁が写っていた。文司郎君が生きていたときには、日常的に見ていた光景だったに違いない。

その後、しばらく海外出張に出かけて帰国した頃、お母さんから連絡が入った。お母さんのところに再び日揮の関係者が訪れて、「治安状況のレベルが下がったら、必ずみなさんを現地に連れていきます」と改めて説明がなされたそうだ。そして、お母さんとしてはそれを待つことにしたいと思う、とのことだった。

「なので、河辺くん、本当にいろいろありがとう。でも、もういいからね」とのことだった。


アルジェリア大使館。スタットオイル社の広報・調査チーム幹部・アルジェリア事務所。どこの人も優しく、何かしてあげたいという気持ちでいてくれたことは間違いない。もう少しいい方向になんとか進められないだろうか、という思いもあった。私自身も文司郎君が最期にいた場所に行き、美しい花束を捧げてあげたかった。

中学校の体育の時間、持久走を走っていたとき、顔を真っ赤にしながらも最後まで頑張り抜いていた文司郎君の姿がいつも脳裏をかすめる。真面目なのに愛嬌があり、みんなに慕われていたのを覚えている。

今、誰よりも現地に行きたいと願っているお母さん自身が、待つことに決めた。それはある意味、諦めざるを得ない部分も含めて、本当に辛い選択だったと思う。私は初めからあくまでもお母さんの気持ちに沿って行動すると決めているので、多くは聞かず、そのまま受け入れた。

あれからもう一年が経った。プラントのあるアルジェリア南東部は未だに危険地域だ。いつの日か、ごく近い将来に現地の治安状況が改善されて、お母さんがアルジェリアに行けるようになることを切望している。

文司郎君は趣味でミニカーを集めていたそうで、形見としてお母さんから一つ頂いたものが手元にある。海外に出かけるときには必ずスーツケースに入れて行く。彼が生きていたら、今でもどこか遠い外国で建設工事に携わっていたことだろう。だから、ミニカーだけでも連れて行く。外の空気を吸わせてあげるのだ。

著者プロフィール

内藤 さよ子（ないとう さよこ）

1943年生まれ。
愛知県在住。

突然の親子の別れ アルジェリア人質事件で我が子を失って

2019年１月15日　初版第１刷発行

著　者　内藤 さよ子
発行者　瓜谷 綱延
発行所　株式会社文芸社
〒160-0022　東京都新宿区新宿１－10－１
電話　03-5369-3060（代表）
03-5369-2299（販売）

印刷所　株式会社フクイン

ISBN978-4-286-19678-7　JASRAC 出1809979－801